講談社文庫

さくら、さくら

おとなが恋して

〈新装版〉

林 真理子

講談社

目次

さくら、さくら〈新装版〉

おとなが恋して

おとなが恋して

待ち合わせの時間までに三十分ある。たいていの女がそうするように、祥子はブティックに入り、小物をいじり始めた。

半端な時間だから、洋服を眺めるわけにはいかない。だいいちうっかりスーツでも買ったりしようものなら、大きな紙袋を持ち歩くことになる。そうかといって本屋にぶらっと立ち寄るなどという味気ないことは、女友だちの時にすることだ。

もうじき男と会う、という心のはずみに、小さな宝石入りのブローチや、上質の革の手袋はぴったりとくる。その中でも祥子の目をひいたのは、抽象柄のスカーフだ。水彩絵具をたっぷりと筆に含ませいっきに描いたような柄だが、茶色と臙脂を大胆につかった線がいかにも秋らしい。二万二千円という値札は祥子にとってどうということもないが、彼女はわざともったいぶってブラウスの胸元にあててみる。

時間稼ぎということもあったが、その前にもう一度鏡で確認をしてみたかった。出かける時に、念入りに白粉をはたいてきたから、まだ化粧くずれもない。鼻の頭にてかてかと脂も浮いたりしていない。それどころか秋の空気と、ほどよく化粧が肌にのってきた時間とがあいまって、祥子の肌を艶めいたなめらかなものにしている。

「いいわ、よかったわァ」

ひとりごとをすばやく喉の奥にしまい込もうとしたが、途中から思い直して別の意にすることにした。自分の肌を誉め賛えたつもりの言葉は、そのまま品物の承認ととれないこともない。

「有難うございます、いま、お包みしてまいりますので」

案の定、黒いワンピースを着た若い女は、うやうやしくスカーフを受け取った。ホテルの地下アーケードにあるこの店は、すべてのことがもったいぶって行なわれる。こんな若い売り子でさえ、馬鹿に丁寧な口をきくのだ。

「じゃ、これでお願いね」

こういう売り子には、客はやはりゴールドカードで対抗しなければならないことを祥子は知っている。財布の中から無造作にアメックスをつまみ上げ言った。

「自分で使いますから、包装は簡単で結構よ」

わかりましたと女が立ち去った後、祥子は今度はイヤリングを取り上げる。横から見た肌の調子も見たいと思うからやはり小道具がいった。小さなシルバーの耳飾りをつける振りをしながら、祥子は左頬を鏡の正面に向けるようにした。四十一歳にしては顎のたるみもほとんどない。少し上向きの鼻と尖った顎は、若い頃の祥子を少々小生意気に見せていたが、中年となった今では若々しさを演出する大切な小道具だ。

鏡の中の自分に祥子はほとんど満足していた。皺もないし、瞼がたるんでもいない。照明のせいもあるのだろうが、瞳が熱っぽく潤んでいて、美しく満ち足りた女がいた。すんでのところで、祥子は鏡の中の自分に微笑みかけるところであった。

思っていたよりも早く、売り子の女が戻ってきたから、祥子はつまらなそうにイヤリングを置いた。これ以上買物するつもりはない。

「お待たせいたしました。これにサインをいただきとうございます」

売り子が気をきかして小さな紙包みにしてくれ、スカーフはすっぽりと祥子のカーフのバッグの中に入った。

そのことにも祥子は満足して軽やかに店を出た。運のいいことに隣りのチョコレートショップの壁がミラー張りになっていたため、今度は全身を眺めることが可能になった。

そこにも賞賛に価する祥子の姿があった。四十といえば、世の中には薄汚なくなった女が山のようにいる。身のまわりに全く構わなくなり、太い尻を突き出すようにして歩く女たちを、このホテルのロビーでも何人目撃したことだろう。

けれども祥子は彼女たちと全く違う。足のかたちも格好がよいし、ウエストをしぼった流行のスーツも難なく着ることが出来る。祥子は週に一度は必ず全身エステティックに行っているし、週に二回は青山のジムで軽く泳ぐことを怠らない。この体型と肌を維持するために、かなりの時間と金とが費されているのは確かであるが、それが何だろう。

「だって私は特別な、選ばれた女だもの」

会社を経営する女として、普段は謙虚さをいつも装っている祥子だ。イヤリングをつけたり、スカーフに気をとられるふりをするように、祥子はことさらに自分が運がいい女のように信じているふりをしそれを言いたてる。けれどもそんなことはすべて嘘にきまっている。輸入もののスーツや、一流ホテルのロビーがこれほど似合う女が他にいるだろうか。

「だから私は、人の出来ないような恋をしている」

ホテル一階のラウンジで、祥子は軽いカクテルを一杯注文した。約束の時間まであと十分あるが、男に思いをめぐらしながらその男を待つにはちょうどよい頃だ。

「あの人のことを考えるだけで、私は胸がいっぱいになる。まるで十代の小娘みたいにだ」

石井と出会ったのは、半年前のことになる。いや出会いというよりも、再会と言った方が正しいだろう。最初は八年前のことで、祥子は小さな呉服会社の専務として、石井は大手商社の繊維部門の課長として初めて顔を合わせたのだ。世界的デザイナーが着物を手掛けることになり、その展示会の打ち合わせの最中であった。

背が高く腕や顔もたくましく陽灼けしているのだが、精悍というよりも繊細な雰囲気が強いのは、品のいい物ごしのせいだったかもしれない。「いい男ね、私のタイプだわ」と、まわりの者に漏らしたのも憶えている。が、あの頃の祥子は前の夫と別れたばかりの、いわば出戻りの身分だったし当然石井にも妻子がいた。そんなことより何より、莫大な契約金を払ったデザイナーの件はもめにもめ、展示会に関わった者たちすべてがゲイのフランス人にすっかり振りまわされてしまった時だ。とても甘い恋愛が芽ばえる余地などなかった。

さまざまなトラブルを処理し合いながら、二人は慌しく別れ、そしてもう会うことはなかった。この八年間、年賀状ひとつ交さなかった仲だ。もちろんその間祥子は、石井のことを恋焦がれていたわけではない。仕事でだけ出会った男というのは、観光地のようなものだ。その時は目を凝らして見ているが、汽車に乗り、家に着く頃にはすっかり忘れてしまう。次に思い出すのは、アルバムの写真を眺める時だけだ。

現に祥子は石井のことなど全く忘れていた。それが証拠には、ゴルフ場のクラブハウスで彼に話しかけられた時も、とっさに誰なのかわからなかった。

「藤崎さんでしょう、藤崎さんですよね」

この名門クラブでいちばんましといわれるカツカレーの匙を置いて、彼はやってきた。こういう場所で、見知らぬ人から話しかけられるのは、最近の祥子にとってそう珍しいことではない。財界のパーティーへ行けば、何十枚となく名刺がバッグに入っていることがある。ということは同じ数だけ自分も名刺を渡してきているということで、こちらに記憶がなくても、祥子も一応の愛想笑いで応えなければならなかった。

けれども「藤崎さん」という呼び声には、祥子が久しく味わったことのない爽やかさがあり、それが他の男たちとは違っていた。

ほんのわずかな繋がりを求めようとする男たちは、若くして成功し、財界の中でもしかるべき位置を得た女に対し、多くの媚びに揶揄と嫉妬とを込めた奇妙な表情になる。

けれどもその男は違っていた。かつての同級生に出会ったような、ごく自然な親しみと懐かしさがあった。

「僕のことをお忘れでしょうか、石井です。──商事の石井です。ずっとサンフランシスコの方に行っていて、今年の春に帰ってきたんですよ」

祥子は思い出せなかったわびを込め、「まあ、お久しぶりね」と濃くにっこりと微笑んで見せた。

「やあ、こんなところでおめにかかるなんて……」

石井は言葉を続けながら、祥子のテーブルにいる三人の男たちに軽く頭を下げた。そこには経済同志会の会長である銀行の頭取、老舗のデパートの会長、そして祥子と同じように「ジジイ殺し」と仇名(あだな)がついている四十代のコンピューターソフト会社の社長がいた。どれも経済雑誌の表紙を飾るような連中だ。普通なら彼らの顔を見れば、たいていの男たちは驚き、そして後ずさりするような表情になる。そしてやや形勢を取り戻した後、なんとか近づけないものだろうかという卑しい笑いを浮かべるのだ。

けれども石井は違っていた。その軽い会釈は、彼らと同席していた女性に、突然話しかけた非礼をわびる、それだけのものだった。テーブルから二、三歩離れたところに立って話しかけてくる祥子の肩ごしに、ちらちらと財界の大御所たちを見るようなこともしなかった。石井は会釈をした後、祥子だけを見、祥子だけに語りかけた。

「懐かしいですね。もう八年ぶりですからね」

「そうね、もうそんなにたつんですね。石井さんは、ちっともお変わりにならないわ」

本当にそうだった。こめかみのあたりに白いものが多少目立つが、後退しているわけでもなく、過去の彼にいくらかの皺と渋さを加えれば、そのまま今の石井の顔になる。どうしてすぐに気づかなかったのだろうかと、祥子は大層すまないことをしてしまったという思いになり、決して儀礼的ではない言葉を口走った。

「あの、名刺をくださる。あの、後で私、必ずお電話するわ。私、いまプレイ中だから名刺を持っていないのよ」

「僕は持ってますよ。日本のサラリーマンの習性っていうやつでね」

石井は自分に対する皮肉を吐いた。そんなところが八年前と違っている。

祥子がテーブルに戻ってみると、あきらかに二人の老人たちは不機嫌になっていた。石井のあのような態度は、彼らにとってはやはり無視というものだろう。

「――商事だって。あれは菊池君のところだね」

同志会会長が、無造作にトップの名を出すのはいつものことだ。

「一度ゴルフをしたことがある。かなりうまいですよ」

デパートの会長がいい、まだ若いコンピューターソフトの創立者は、通りすがりの男に対する好奇心を隠そうとはしない。

「今の男、年からいえば課長か。いや態度がちょっとデカいから、案外部長ぐらいいってんの？」

祥子が手にした名刺を覗き込もうとする。

「いや、私が昔、好きだった人だったんだから、正体探らないで頂戴」

祥子がおどけて身をよじるようにしたので皆が笑った。祥子はやり手の女社長ということになっていたが、時おりまるで少女のようなしぐさを見せると人は言う。それが自分の地なのか、演技なのか見極めがつかなくなっているとふと思いながら、祥子は隣りの目を逃れて名刺を見た。そう主流の部署ではなかったが、「部長」という肩書きが見え、祥子はなぜか安堵し、嬉しかったのを今でもよく憶えている。

そしてこのゴルフ場での出会いは、その後、二人の格好の話題になった。

「あの時、自分のテーブルに戻ったら、みんながぽかんとしていた。お前、どうしてあんなおエラい方々を知っているんだってね。確かに彼らを新聞や雑誌で見たことがあるんだろうが、あの時は君を見つけてびっくりして近寄っていったから、他のことは目に入らなかった」

石井はこんなことをさらりと言う。

「それに取り引き先の人が君のことを知っていたよ。彼の会社で君の講演を頼んだことがあるそうじゃないか」

祥子はこの八年間に起こった自分の身の上を、出来るだけ注意深く語った。三代続いた呉服会社といっても、他の着物を扱う企業と同じように時流にのることも出来ず、ただあがいていただけだったということ。

「せいぜいが何社か集って考えつくことは、着物の左前の区別もつかないようなフランス人に、振袖をデザインさせることだったわ」

あの時のことを口にし、石井を苦笑いさせることも忘れなかった。

あの後すぐに社長である父が死に、祥子が代表取締役の座についた。祥子がまず考えたのは、着物をとにかく安く、若い女たちが欲しいものをつくる、ということであった。女たちが着物を着たがらないというのは嘘だ。各地の着付教室の隆盛ぶりを見てもよくわかる。とにかく無駄なことをはぶいていけば、着物は今の半分の値段で売れるはずだ。

気がついた時、祥子はマスコミから「着物流通の革命児」と呼ばれるようになった。こうなると伝統を誇る呉服業界からは完全にはみ出してしまう。それならばはみ出しついでに面白いことをしようと、若い職人たちと組み、ポリエステルの着物を開発した。

「ワフク」と名づけられたこのシリーズは、色や柄が新鮮だったこと、洋服並みの値段であること、各チェーンの呉服店での、着付けレッスンチケットが添えられていることもあり、爆発的に売れた。祥子はこれを機に着付けを中心としたカルチャーセンターをつくり、これも大きな話題になっている。

「といっても、うちの規模なんかそれこそ中小企業よ。でもね、女がひとりで頑張っているとみんながやさしくしてくれるわ。財界のおじさんたちが引きたててくれるの。経済同志会だって、普通だったらとても入れはしないのに、女をひとりくらい会員にしなくちゃっていう時代の流れとうまく合ったのよ」

ひとしきり祥子の話を聞いた後、石井はふうんと深く頷(うなず)いた。けれどもそれはやや芝居じみていて、彼が祥子の話にそう興味を持っていないことはすぐにわかった。どうしてなのだろうか、この祥子のサクセスストーリイは、男たちだったら誰でも身を乗り出すはずなのだ。祥子はよく青年会議所や商工会議所の講演に呼ばれ、ニュービジネスの代表者として喋ることが多い。するとほとんどの男たちが真剣な顔つきになり、中にはメモをとる者もいるくらいだ。

「君のことはよくわかった」

石井は言った。

「それよりも来週はどうなっているの。そんなに忙しくて空いている時間はあるの。よかったらまた食事をしようよ」

あの時に祥子の中で、なにかが始まったのだ。

そしてホテルのラウンジに祥子は座っている。石井はまだ来ない。約束の時間からもう二十分たっているのだ。あの経済同志会の老会長でさえ、祥子の待ち合わせにぴったりとやってくる、もし遅くなるような場合は、彼の秘書から電話が入ったりする。それなのに石井は、平気な顔をしてしょっちゅう祥子を待たせる。

「ああいうエラい人たちほど遅刻はしないもんだよ。秘書がつきっきりできちんとスケジュールをつくっている。僕みたいなサラリーマンは、いつどんなことが起こるかわからないからね」

そう石井に言われたからでもないのだが、祥子は待つというのが少しも嫌ではない。冷たい飲み物を少しずつ口に入れながら、これからやってくる男のことを考えたりする。気づかれないようにコンパクトで顔を直したりするのも楽しい。祥子はこの頃気づいたのであるが、男を待つ十分、二十分という時間は、女を飛躍的に美しくする。肌は水を吸いあげたようになり、目は輝きを持つ。これほど胸がときめき、これほど華やいだ気分になるのは、いったい何年ぶりだろうか。十数年前、結婚した男と恋愛して以来のことかもしれない。ひとりになってからは、もちろん短かい情事をいくつか持ったが、こんな思いをしたことはなかった。相手は妻子も、名誉も持つ男たちだったから、すべてのことが慌しく行なわれたのだ。彼らは用心するあまり、都内で一流の秘密を守れるホテルを使い、そそくさと帰っていった。中にはいちばん安全な場所と、自分の家に祥子を誘った男さえいる。芦屋にある豪華な洋館は確かに人目を気にせずに済んだが、妻の写真を寝室のあちこちに飾っておく趣味に、祥子は心から腹をたてた。不能というのは男だけかと思ったけれど女にもあるのねと、後から親しい女友だちに喋ったものだ。

いずれにしても彼らはひとつだけいいことをしてくれた。自分が性に淡白な女であることを祥子に再認識させてくれたのだ。

文字どおり不眠不休で働いていた頃、祥子は早く更年期が訪れてくれればいいと思っていた。今さら子どもを生む意志もなかったから、生理というのはわずらわしいだけだ。体もだるくなり、その期間は頭もうまく働かない。それよりもしょっちゅう席をたち、ナプキンやタンパックスを替えなくてはいけないめんどうくささといったらどうだろう。それに当時は戦略上からもずっと着物でとおしていたから、ますます気分が重くなる。

一日も早く生理が失くなり、せいせいしたいわと口に出し、まわりの女たちに小さな悲鳴をあげさせた。祥子は十分に女らしく優し気な風情を持っていたから、突然によっきりと現れる彼女の〝男らしさ〟というものにまわりの人間、特に同性は目を丸くするのだ。もっともこういう本音を、祥子は女たちにしか見せなかったが。

いま祥子はかなり落ち着いて、生理はあっても仕方ないものだとあきらめるようになった。四十を過ぎてから、量がめっきり少なくなったことも原因している。そして生理と同じように性欲もはかなげになり祥子はこのことに大層満足していた。

世の中の女たちを見るといい。たいていこの〝性欲〟という怪物にやられてしまう。祥子と同じように、働きがあり、仕事が出来る女ほどそうだ。つまらない男に入れ揚げて金をとられたり、あるいはスキャンダルを起こして世間の評判を落としてしまう。

祥子が例の会長たちから、多くの好意をかち得ているのも、彼女の素行によるところが大きかったといってもいい。彼らの中ではまだ若い綺麗な女の部類に入るから、噂はしょっちゅうたつが、決定的なことは何ひとつつかめないということに最後はまとまる……。

ふと気配を感じて目をあげる。目の前に紺色のスーツを着た石井がいた。色やかたちに携わる仕事をしていて、日本人の男はいちばん紺色が似合うというのが祥子の持論だ。けれどもうまく紺色を着こなす男はそう多くない。多くの男が途中であきらめて、グレイや茶色の方に走ってしまう。けれども石井は八年前もそうだったように、紺色をすっきりと品よく着こなしている。紺の安物は全く見られないものだが、石井の着ているものは、仕立てといい、質といいかなりのものだ。いくら一流企業とはいえ、部長クラスには難しい価値といっていい。これには理由があり、石井の妻の実家がかなりの資産家だということを祥子は既に知っている。石井はいつもさらりと家族の話をして、それがどういう意図によるものか、はっきりと祥子は知っている。

「ごめん、ごめん、遅くなっちゃったね」

彼は空を切るように右手を動かす。よく中年の男がする「ごめん」というポーズだが、彼がするとまるでボーイスカウトの敬礼のように見える。そして祥子もガールスカウトの少女のようにふくれて見せた。

「ひどいわ、電話もなくって二十分も待たせるなんて」

「ごめん。だけど電話で呼び出したりしたら、君だってわずらわしいだろう。このホテルなんか」

半分おどけてあたりを見渡した。

「君のファンのおじさんたちが、ごろごろしているところじゃないか。僕と一緒のところなんか見られてまずくないの」

「どうっていうことないわ、だって私たち、そんな仲じゃないもの」

口に出した後でしまった、と思う。女のこんな風な拗ね方は、そのまま誘いととれないこともない。が、石井は何も気づかなかったように顎に手をやる。

「そりゃあ、そうだ。もし僕たちが怪しい関係だったら、こんな風に堂々とホテルのラウンジで会ったりするはずはない」

この後、ホテルのアーケードで食事をしようと石井は言い、祥子は首を横に振った。

「この下はやめた方がいいわ。どこも値段が馬鹿高いうえに、味はいまひとつなんですもの」

階下(した)にいきつけの鮨屋とフランス料理の店があることはあるのだが、石井とは行きたくない。ああいうところは、金はあるものの、いい店を探す時間もなく遠出をしたがらない老人たちと行くところだ。何よりも彼に多くの金を使わさせたくなかった。

あれこれ検討した結果、祥子がごく親しい女友だちと時々行く、カウンター形式のフランス料理店へ行くことにした。航空会社を停年退職した男が、妻をウエイトレスにして開いたところだ。ワインの種類も少なく、贅沢なものはないが、ひとつひとつが誠実につくられていて値段も安い。

予約を入れずに出かけたのだが、幸いちょうど終って立つ客がいて、二人は隅の上席に座ることが出来た。まずは冷えたワインで乾杯する。

「君がこんな店を知っているなんて」

「あら、どうして」

「毎日、赤坂の料亭や、銀座のフランス料理屋に行っていると思ったよ」

「そういう日も多いわ。だけど土日は自分でつくって食べるわけだし、一回か二回は何も予定が入っていない時もある。そう毎日、宴会があるわけじゃないわ」

考えてみると、週末に石井と会ったことはない。忙しい日をやりくりしてくれていると感謝していたが、彼にはまだ土曜日と日曜日を祥子にくれる誠意はないわけだ。が、くれるといっても祥子はやはり困惑してしまう。何とはなしに淋し気なことを口にしたが、ゴルフの予定が入っていない週末など、それこそ一年のうち何回もない。自分と石井とは、こんなふうに水曜日、あるいは木曜日あたりに会うのが、いちばんふさわしいのではないかと祥子は結論づける。

「どうしたの、急に黙りこくって……」

オードブルのナイフとフォークを置いて石井が尋ねる。少しうつむき加減にしているから、男の真白いカフスが祥子の目に入ってくる。男の手元が祥子は好きだ。もちろん上質のぴんと糊のついたワイシャツ、趣味のよいネクタイピン、という条件つきだが。そして祥子はいつもそういう男たちのカフスと、レストランのテーブルや、料亭の卓、そしてバーのカウンターを共有する。違っていることといえば、老人斑の浮き出た手の甲の替わりに、そこから伸びているのは、働き盛りの、ほどよく肉のついた男の手だ。祥子は胸がいっぱいになる。久しぶりに自分の年齢にふさわしい男の手がすぐ近くにあるのだ。

「何でもないわ」

祥子は小首をかしげるようにして石井を見る。それを合図のように彼はやや肩を回転させる。かすかな風が起こって、植物性のコロンのかおりが鼻にきた。

「君はちょっと疲れているんだよ」

その〝疲れ〟という言葉を、石井はとても微妙に発音した。例えばベッドの上で、〝感じている〟、〝濡れている〟と言い替えてもいいぐらいにだ。

「そう、かしら」

「そうだよ。君は働き過ぎだよ。君の話を聞いていると、毎晩接待か宴会。そりゃあ君が財界の爺さん連中にえらく人気があるのは知っているが、そんな無理なスケジュールは、男の僕でもしないよ」

「だけどね、今はとっても大変な時なの。会社がやっと一段落したと思ったら、世の中がこんなふうでしょう。そのためにもいろんな企業に力になってもらいたいの。それに私は、経済同志会の研究部会のメンバーにもなっているんだし……」

「君は本当は、とっても恥ずかしがり屋で人見知りじゃないか」

彼は断言した。

「心とからだの二つで一生懸命無理をしているんだよ。ちゃんと寝てるのか、ちゃんと栄養は摂れているのか」

エロティックな口調から一変して、石井は祥子のことを幼女のように扱う。幼ない者としていつくしまれるのは、愛情表現以外の何物でもないと、よく知っている年齢の女に対してだ。

「僕は君を見てると、いつもひやひやしてしまうよ。君みたいに世間知らずの女の子が、ああした爺さんたちを相手にやり合うのだから」

〝女の子〟という言葉に祥子は息苦しくなる。この何年、いや十年前から、自分を〝女の子〟などと表現してくれた男がいるだろうか。ふんわりとやわらかい布に包まれたような思いで、祥子は石井を見つめる。

「この男は私のことを愛してくれている」

間違いない。祥子の心のうちを読みとったように石井も軽く頷いた。二人の間に突然美しい音楽が流れたような気がした。祥子は誇らしさで胸がいっぱいになる。

「全くなんて素敵なんだろう。これ以上、何を求むことがあろうか」

世間の馬鹿な女たちは、さらに意地汚なくさまざまなものを欲しがり、すぐに寝たがる。相手と寝なくては、何も始まらないと信じているのだ。その結果、醜いことやわずらわしいことが山のように起こる。最後は金のことで争ったり、相手のことを憎んだりするのだ。

もし石井と自分がそんな仲になったら、後で起こることは手にとるようにわかる。

それを知っているからこそ、石井はやさしい言葉と、水曜日の夕食以上のものを祥子に与えようとはしない。それを男の小心さや保身ととれなくもないのだが、祥子は別の答えを導き出そうと骨を折る。

「彼は私を不幸にしてはいけないと思っている」

不幸になるとわかっているのに、つき進んでいくのは愚かな男と女がすることだ。石井と自分は決して飛び越えることのない壁を前に、時々はそれをいじくったり、叩く真似をしたりするだろう。

「こんな幸せな恋が出来るのも、私たちが自制心のある立派な大人だからよ」

地下鉄で帰るという石井と別れ、祥子はひとりタクシーに乗る。シートに座ったとたん、料理と逢い引きに満足した証の、小さなげっぷが出た。

男と会っているよりも、ひとりで自問自答している時の方が、はるかに幸せなことに、祥子自身はまだ気づいていない。

萩の月

映画館を出ると、日はもうとっぷりと暮れていた。目の前の横断歩道を渡る人々の足取りが急に気ぜわしくなり、そのたびに鳩が騒がしく飛び立つのがわかる。

「本当に面白くない映画だったわね」

尚美（なおみ）は口に出し、いっそう焦立（いらだ）つ。女の自立を描いたというアメリカ映画は、この頃評判のものだ。けれども年増の女優たちが入れ替わり立ち替わり現れては、大声で議論をし続けるというものだった。

けれども確かに退屈な映画だったが、何もはっきりと指摘することはない。そうでなくても森下（もりした）と居ると、自分がきつい物言いをすることに尚美は気づいている。

それと反比例して、彼はいっそう穏やかになるようだ。

「そう捨てたもんじゃないよ」

彼はわずかに顎をもたげて、空を眺めるようにして言った。

「この頃忙しくて映画を見る暇もない。だから二時間、ゆったりと暗闇の中に居るだけで楽しいよ」

昼よりもネオンが輝き始めた頃の方が、彼のこめかみの白髪はいっそう目立つようだ。普通若白髪の男は禿げないと言われているけれど、森下の後頭部はうっすらと皮膚が見える。三十八歳という年齢よりも、かなり老けて見える男だった。

森下と初めて出会ったのは、友人の洋子夫婦の引越祝いの時だ。見合いというほどでもないが、洋子の夫の紘一の遠縁という男をそこで紹介された。

「ほら、尚美はいつも言ってるでしょう。独身の男がいたら紹介してくれって。森下さんはバツイチだけど、今はれっきとした独身よ」

笑い話のようにして、そんなことをあけすけに言う洋子を心から憎いと思った。

ついこのあいだまで、彼女も尚美と同じようにハイミスと呼ばれる立場だった。同期の女はほとんど短大卒で、四年制を出ている女は二人だけだったこともあり、入社以来いつも一緒だった。結婚することなく三十過ぎた頃からは、

「おばさんコンビ」

と言われ三枚目の役を買って出たのも同じだ。二十代の終わり頃は、三十歳の誕生日にひどく脅えていたが、それを越えるとどうということもない。それどころかひどくのびのびとした自由な気分がわいてくる。

「あなたたち、三十を越えるとラクよオ。本当だから」

総務の主（ぬし）のように言われている先輩の言葉がわかるようになったと洋子もよく言ったものだ。会社の中でも明るく居直ればいい。憎まれ口をきいても許される。上司にも一目置かれるようになるから、仕事はずっとやりやすくなる。入社したての若い娘には着られないような仕立てのいい服を着、時々は高級ホテルのバーで飲んだ。二ヵ月にいっぺんぐらいは、若い男子社員を連れてカラオケの店へ行き夜明けまで騒いだこともある。

わずか一年前、尚美と洋子とは奇妙に充実した楽しい日々を過ごしていたといってもいい。

「のんびり構えていようよ」

どちらからともなく言ったことがある。

「もう三十過ぎたんだからさ、本当にいい男が現れるまでじっくり待っていようね。あんまりヘンなのに飛びついちゃ駄目」

その〝協定〟を破ったのは洋子の方だ。恋人というほどでもなく、だらだらと十年近く続いていた大学時代の同級生と結婚すると言ったのは、今年の春のことだ。妊娠三ヵ月だという。

「これも腐れ縁にピリオドをうてという、神さまの思し召しだと思うのよ」

まるでレディスコミックのようななりゆきに尚美は啞然としたが、さらに驚いたことには洋子がとたんに結婚賛美者となったことだ。

「やっぱり結婚っていいわよオ！」

大きくせり出した腹をさすりながら言う。

「気持ちも安定するしさァ、なんだか気張らなくてもいいし。尚美も誰かと一緒になりなさいよ」

誰かと一緒になりなさいよ、と言われてもフォークダンスの相手を見つけるわけではない。容貌も性格もどこといって難がないが、縁遠い女というものがこの世には存在する。結婚をはなから否定したり、制度を疑問視したりする頑（かた）くなさも、思想もあるわけではない。それに関しては「ついていない」としか言いようのない女だ。いくら楽しい日々をおくっていても、ふと立ち止まることが何度かあった女だ。そんな尚美のことを十分に知っているくせに、自分もかつてはそうした女のひとりだったくせ

時に、洋子はいとも簡単に、

「早く誰かと一緒になりなさいよ」

と口にする。結婚した女のこうした残酷さと嫌らしさを身に染みて感じている時に、森下との話があったのだ。

「ねえ、このあいだうちで一緒に飲んだ森下さんなんだけど」

大切な秘密をうち明けるような電話での声だった。

「あのね、すごく尚美のことを気に入ったみたいなの。電話番号教えてくれって言ったけど、いいわよね」

ほら、嬉しいだろうという気配が受話器の向こう側から伝わってきて、尚美は腹を立てた。

「森下さんって、もう白髪でハゲのおじさんでしょう」

「そういう言い方もないでしょう。あなたと四つしか違わないんだから」

洋子はなんという贅沢をと言わんばかりだ。

「ほら、会う前にも話したでしょう。あの人――大の法学部なのよ」

一流大の名を出しさえすれば、相手が喜ぶと思っているが、こんな品定めは二十代の女にしか通用しない。

「うちのも言ってたけど、彼はね、親戚中でもいちばん頭と性格がよかったんですって。会ってわかったとおり性格も最高でしょう。将来は出世間違いなしだって言ってるわ」

もうこうなってくると〝仲人口〟というものだが、洋子は最後に意外なことを口にした。

「まあバツイチっていうことになるけどさ、同じバツイチでも、奥さんと離婚したんじゃなくて、病気で死なれたっていうしさ、子どもも無かったんだからいいじゃない」

「ちょっと待ってよ」

尚美は思わず叫んだ。

「私は離婚って聞いているわ。奥さんが死んだなんて知らない」

それも玄関から男たちが待つリビングまでの慌しい合い間だ。洋子が男の経歴を早口に言ったような気がするが、ほとんど憶えていない。

「私もさ、前は結婚していて今はひとり、っていうから、てっきり離婚だと思ってたの、でも紘一が言うには、五、六年前にガンか何かで死んだんだって。あんまり可哀想だから、早く嫁さんを見つけてやりたいって言ってるわ。とにかくちょっとつき合うぐらいいいじゃない。尚美もさ、もうあれこれ文句言ってられない年だってこと忘れちゃ駄目よ」

親身で言ったつもりの言葉が、突然侮辱に変わることがある。尚美はその怒りを言葉にしようと思ったのだがうまくいかなかった。怒鳴ろうと肩で息をしているのだが、そんなことをしてもひがんでいると思われるだけだと、心のどこかで気弱くつぶやく声がする。

「私もこのところ忙しいの。せっかくお電話いただいても、本当に時間がないのよね」

最後に皮肉を口にするのがせいぜいだった。

ところが洋子がどう伝えたものか、その夜のうちに森下から電話があった。

「よかったら近いうちに食事をいかがですか。新宿に僕がよく知っている鮨屋があるんです。汚ない店ですがとてもうまいんですよ」

相手がこれほど早く連絡してきたことが、尚美の自惚(うぬぼ)れを刺激したといってもいい。それに鮨は尚美の大好物である。気がつくと手帳をめくっていた。

「その店、土曜日もやっているんですか。私、来週の土曜日なら空いているんですけど」

「僕もその日なら大丈夫です。それなら待ち合わせ場所を決めておきましょう」

洋子の家でにこにこと酒を飲んでいた男、という思いしかなかったから、てきぱきと物ごとを決めるさまは、その後ずっと尚美の印象にある。

そしてわかったことは、電話で会話する方が、森下は能弁になるということだ。土曜日の夕方、約束どおりデパートの中の喫茶店に行くと森下は新聞を読んでいた。青い字で見出しが書いてあるスポーツ紙を手にしていたが、尚美が前に立つとひょいと顔を上げた。

「あ、じゃ、出ましょうか」

こういう場合は、女がゆっくりと茶を飲み終わるまで待っているものではないだろうか。とまどう尚美を尻目に、相手は伝票を持ってさっさと歩き出した。

「予約が出来ない店なんです。親父さんの話では、多分七時頃だったら席が空くということで七時までには行かないと……」

それほどもったいぶった店だったが、鮨はたいしてうまかったわけでもない。尚美はネタにラップをかけた店というものをいっさい信用していないが、ガラスケースの皿はまさにそのとおりであった。ただ季節のコハダはよく脂(あぶら)がのっていて、病気持ちではないかと思われるほど痩(や)せた主人がおぼろと一緒に握ってくれた。これを尚美は六個も頬張った。

「本当に美味しそうに食べる人だなあ」

熱燗のちょこを手に、森下が嬉しそうに笑った。飲み干す手をしばし止めたままだ。これで彼の尚美への好意は、あまりにもあからさまになる。

すっかり自信と傲慢さを身につけた女の目で、尚美は傍の男を見た。鮨屋の蛍光灯の光が、森下の後頭部を照らしている。最初は光の加減かと思っていたが、地が透けていることを発見して、尚美は落胆する。

「なんて老けた男なんだろう」

確かに自分は三十四歳になってしまった。普通の男だったら、躊躇するような年齢だろう。けれども自分は何ひとつ悪いことをしてきたわけではない。他の女に比べちょっと運が悪かっただけだ。

世の中には自分より醜かったり、意地の悪い女がいくらでもいる。そういう女たちでさえ一人の男を確保出来るというのに、自分はたまたまめぐりあわせが悪く、いまひとりぼっちで生きていかなくてはならない。それにもう終わりをつげようと、相手を探しているのだが、自分の年齢や魅力ではこの程度の男しかやってこないのだろうか。確かに一流大学というところを出、名の通った企業に勤めていると考えるものの、目の前の森下はじじむさいくたびれた男だ。あきらかに冷凍ものとわかるマグロを、うまそうに何個もつまんだ。それよりも後頭部の光が尚美には気にかかる。やわらかな草が横に生え、地面を何とか隠そうとするのだがうまくいかない。そんな都会の路地のようだ。やや円型に白い肌が見えている。それはなにかとんでもないコメディの結末、というような風情だ。

「洋子のやつ」

舌うちしたいような気分だ。

「本当にこのおじさんと私が、似合っていると思っていたのかしら」

全く冗談じゃない。入社した時から尚美と洋子はとても仲がよかった。いくつかの恋を打ち明け、相手も紹介したことがある。尚美の男の趣味などはよくわかっていたはずだ。

「このままタクシーに乗るのもいいんですが、カクテルを一杯だけつきあってくれませんか」

だからホテルのラウンジに着いた時は、尚美は相当不機嫌になっていたといってもいい。

あたりを見渡す。新宿西口のこのホテルは、知り合いによく出会うところだ。もし彼らがここに出くわしたらどう思うだろう。風采の上がらない中年男と逢い引きをしているると思うかもしれない。そんなふうに見られてなるものかと尚美は固い表情を動かさないようにした。

尚美があまりにも寡黙なので、森下がぽつりぽつりと喋り始めた。尚美の会社にも、何回か用事で行ったことがあるという。

「女の人の制服がとても素敵ですね。僕はあのブルーのストライプがとても好きなんです」

「でもあれって、着るととっても暑いんです」

尚美は眉を寄せる。さきほどからこの表情が似合う話題しかしていないことに気づいた。

「なんでも有名デザイナーに頼んだものらしいんですが、腕のあげ下げがとてもきついんで、ちょっと変えてもらおうという案もあるんですよ」

どうも会話がやわらかくまわらない。

「若いコたちはキャッキャッ嬉しそうに着てますけど、私たちの年齢になるとどうもね。スカート丈も短かくって、全く会社は若いコのことしか考えてないっていうのがよくわかりますよ」

「そんな言い方をして。尚美さんは十分に若いじゃないですか」

姓の大崎さんから、突然尚美さんと名を呼んだ。とっさのことで尚美は照れ、ますます不貞腐れてしまう。

「そんなことないですよ」

「いや、あなたの年齢でそんなことを言うのはおかしい。僕たちはまだ三十代なんですから、中年ぶるのはよくありませんよ」

私たちですって。尚美はすっかり鼻白んで氷が溶け始めたウイスキーに口をつけた。三十代の初めの、こんなに若々しい容姿を持つ自分と、もうじき四十に手が届く白髪の男とが、どうしていっしょくたにされなければいけないのだろう。この男はとても鈍感なのだ、と尚美は結論づける。自分が老いつつあること、格好いい若い男ではないこと、自分に接近する資格がないことに何も気づいてはいない。そうでなければ三十八歳で、男やもめという立場でこれほど堂々と振るまえるわけはないはずだ。

「尚美さん、今度は韓国風しゃぶしゃぶを食べに行きませんか」

それなのについつられて尋ねてしまった。

「韓国風しゃぶしゃぶって、どういうものなんですか」

「タレがね、やっぱり辛いんですよ。日本のしゃぶしゃぶのつもりでたっぷりつけるとえらいことになる」

「口の中がひりひりするんですね」

「ええ、あわててビールで流し込む、この感じもなかなかいいんですが」

いつのまにか、スケジュール帳を出すはめになった。

「森下さんって、案外食通なのね」

さ来週の火曜日に印をつけたとたん、腹立たしさがまたこみあげてきて、皮肉をかすかにきかせた言葉を舌にのせる。

「そりゃ、やもめ暮らしが長いですからねえ」

森下はおっとりとした口調のままだ。

「夜なんて予定が入ってなくても、家にそのまま帰る気がしません。外食ばっかりですよ。おかげで金が貯まらない。体重も貯まらないのが不幸中の幸い、ってやつですよ」

彼のヘタな冗談に尚美は全く笑うことが出来ない。自分の手の内をこれほど簡単にさらすことはないではないか。食事に誘った女を前に、家に帰る気がしないから、というのは全く馬鹿にしている。

とはいうものの、予定された夜、尚美は韓国風しゃぶしゃぶの鍋を囲んでいた。肉や野菜の様子はそう変わらないが、目の前に真赤な辛子がうかんだタレがある。

「これ、とっても辛そう」

「だから、肉の先をちょっとだけひたすようにしてください」

湯気が尚美の喉ぼとけのあたりを濡らす。腹がくちくなり、ここを刺激されると、人はわけもなくやさしい気分になるようだ。

「森下さん、奥さんが亡くなってどのくらいになるんですか」

「今年七回忌ですよ」

「まあ、随分たつのね」

「いやあ、あっという間に六年もたったというのが正直なところでしょうね。ついこのあいだ葬式の準備をしていたような気がしますよ」

森下は肉片をざぶんと辛子のタレに沈めた。

「その六年の間、再婚しようとは思わなかったんですか」

出来るだけ他人ごとのように尚美は尋ねる。

「そんなこともありませんよ。見合いも何度もしましたし、もうこれで決めようかと思ったこともありましたよ」

「へえー、そうなの」

自分で発した質問の答えが思いがけないほどの怒りを招いて、尚美は一瞬湯気にむせそうになる。それなのに口と手は達者に動き、白菜を箸ですくった。

「あら、だったら再婚すればよかったのに。離婚されたんならともかく、病気で亡くされたんだったらいい思い出がいっぱいでしょう。結婚が嫌になったり、疑問になったりすることもないと思うわ」

「それがね、むずかしいところでしてね……」

森下は肉を頰ばったが、それが少し大きすぎたために口ごもる。右頰に小さな瘤が出来、それがしきりに動いて止まった。

「結構ひとり暮らしが気に入っちゃったんですよ。女房に死なれた男っていうのは、みじめったらしく思われることもありますけど、なんだか同情されることも多いんですよ。少々だらしない格好をしていたり、酒を過ぎたりしても許される。これがなかなかいいもんでしてね。特に水商売の女性たちからやさしくしてもらえるんです」

突然多弁になった森下と、その話の内容に驚いて、尚美の箸は止まったままだ。

「僕は結構今の生活が気に入っていて、あと五、六年続けるつもりがあったんですが、あなたと会って考えが変わったんです。あの日洋子さんから電話がかかってきて、同僚にとてもいい人がいるという。だけど洋子さんと同い齢というからには、気の強いハイミスだろうと思ってました。あなたは確かに気が強いけど、ハイミスなんていう感じじゃない。女子高生みたいな気の強さで、僕はすっかり楽しくなっちゃったんです」

　これは愛の告白というものだろうかと、尚美は俯向いて小鉢の中の白菜を見つめた。

「もし可能ならばおつき合いをさせていただいたらと思ってます。そしてそのおつき合いが結婚への最短コースになればいいと考えてるんですが……」

　白菜がみるみるうちに赤く染まっている。それは故郷の父の声のような気がするし、どこかで男の声が不意にした。おい、どうするのだと尚美の心のどこかで男の声が不意にした。それは故郷の父の声のような気がするし、前に別れた男、これからめぐりあうはずの男の声のような気もする。ぐいと顔を上げ、こんな言葉を吐くのは簡単だ。

「申しわけないけど、私はそんな気がないんです。結婚もあと二、三年はいいんじゃないかと思っているし、仕事もまだ楽しいんです」

　事実三年ほど前、交際を申し込んできた取引き先の男にこう言ったことがある。それで尚美のプライドは十分に保たれた。けれどもプライドなどというものは、三日もたてば薄れるものだと尚美はもう知っている。自分の意地でぐんと引っぱり上げた夕ガは、やがてすぐにゆるみ、たちまちのうちに空しさの海へプライドを沈めてしまう。悔悟というほど暗いものではないが、その海は枯っぽく冷たい。泳いでいるうちに不安という砂浜にたどりつく。もうあのような言葉を誰も言ってくれなくなるのではないかという思いだ。

三年前より尚美は賢こく思慮深くなっている。何より謙虚さというものが生まれていたのは確かだった。

「お気持ちは嬉しいけど、もうちょっとお時間をいただけるかしら」

白菜から目を離したので、もしかすると媚びる上目使いのように見えたかもしれない。

「いいですよ、もちろんですよ」

森下はほっとしたように笑った。

煙草を吸わない男だから歯は意外に白い。こうすると森下は年相応に見えた。

「これからも時々会って、うまいものを食べに行きましょう」

いつもは駅で別れる森下だったが、その夜はタクシーで尚美のアパートの前まで送ってくれた。

「今夜は本当にいろいろご馳走さまでした」

「次は中華といきましょうや。中国の家庭料理を食べさせてくれるところがあるんですよ」

タクシーの止まる表通りと、アパートの入り口のところにはコの字型にブロック塀がある。尚美の今までの経験だと、男というものはこんなふうな夜、塀の陰で小手調べにキスをすることになっているのだが、森下はそんな素ぶりも見せなかった。

辛子のタレに、これまたどっさりと入っていたニンニクのせいかもしれなかった。しかし焦ることもない。定石を踏むこともない。あとしばらくはこうした間隔を保ちながら、相手の様子を見、自分の心を眺めていけばいいのだ。すぐにとびつくほどおいしい菓子ではなく、本当に飢えた時に開く乾パンは、厳重に包んでおく必要がある。

映画館を出た後、二人は駅へ向かわず反対の道を歩き始めた。夕方ともなれば駅前はコンパへ向かう学生でいっぱいになる。通りをこのまままっすぐに行き、右に向かうと思っていたよりもはるかに近く、隣り駅へたどりつくのだ。

尚美の右手には紙袋がさげられている。そして森下の左手には、尚美よりもひとまわり大きい紙袋がある。先月洋子が、平均体重をはるかに上まわる男の子を出産したのだ。今日の目的は映画よりも、洋子の出産祝いを一緒に選んで欲しいという森下の申し出だった。二人の名義で高いものを贈ろうかという案もあったのだが、それは尚美が拒否した。そんなことをしたら、おかしな具合に洋子に勘ぐられてしまう。

「夕飯はどうしますか」

森下が声をかける。腹が出ているわけでもなく、文字どおり中肉、中背という体型であるが、彼はよく飲み、よく食べる男だ。

「そろそろ新米で炊き込みご飯がうまい頃ですよ。原宿のはずれにあさり飯を食べさせるところがあるんです。ちょっと行ってみませんか」

けれど尚美はそんな気分は起こらない。だいいち米どころの出身の彼女は、米は白いものを食べるものだと思っている。まぜご飯というものが嫌いなのだ。それに映画館に居た時から、こめかみのあたりが鈍く痛い。昔からそうだ。空気の悪いところに入ると、軽い頭痛が起きるのだ。

「私、なんだか食欲がないの。今日は夕飯はやめておくわ」

「それならばお茶でもどうですか。尚美さん、さっきから疲れた感じでしたよ。タクシーを拾えばよかったかな」

「いいえ、いいの。駅はすぐそこですもの」

森下は決して会社のタクシーチケットを使わない男だ。自分と会う時は領収書ももらわない。それがわかるようになってから、尚美はタクシーで送らせることもなくなったし、あまり高級な店へ行くことをよしとしなくなった。

コーヒーを飲もうと入った店は、半分が花屋になっている。若い女が二人、店員にバラを選ばせていた。丸テーブルからよく見える場所に、いくつかの蘭（らん）を飾ったショウウインドウがある。

「場所柄、高級な花屋さんね」

「そうだね。だけどバラも蘭も多いけれど、茶花（ちゃばな）も多いですよ」

森下は目を細めるようにして、花屋の店先にあるものを言った。

「撫子（なでしこ）、りんどう、あざみもある。山葡萄（やまぶどう）や秋海棠（しゅうかいどう）なんかも置いてある店なんだ。きっと近くに生け花を教える学校か、カルチャーセンターがあるんだろうな」

「あれ、あれは何ていうの。ほらガラスケースの横にある花。時々花屋さんで見るんだけど、地味で草みたいな花だわ」

「あれは萩（はぎ）じゃないですか」

決して軽蔑の表情ではないが、あきらかな驚きがあった。

「萩なんて誰でも知っていると思った」

「名前は知ってるけど、実際見たことないもの。森下さんが知り過ぎているのよ。男のくせに、どうしてそんなに花の名前を知っているの」

「死んだ女房が花をやってたんですよ」

　さりげなくコーヒーをすする。

「今流行のフラワー・アレンジメントっていうもんじゃなくて、昔風の生け花っていうやつ。あのね……」

　そんな彼の表情を初めて見た。含羞と哀しみが入り混じると、彼の目のあたりは何ともいえないやわらかい影が生まれてくる。

「萩の花は彼女がいちばん好きな花だったんですよ。今の時分、家に帰るとあの花がいろんなところに生けてあったなあ」

　バラや蘭ではなく、萩の花がいちばん好きだった女というのは、いったいどんな風だったのだろうか。一見野草と間違えるような目立たないつつましい花。そんな花に似ていたのだろうか。

　尚美の胸の中で凝固されたものが突然とび跳ねる。あまりにも唐突に生まれた感情はしこりとなり、ばんばんとそこらをつつき出したのだ。

「もしかしたら」

と尚美は思う。この嫉妬という感情をバネにして、目の前の男を愛することが出来るかもしれない。やがて二人は結ばれ、紙袋に入っているようなおもちゃを、自分の子どものために使う日が来るかもしれない。もしかしたら、もしかしたら。今のような感情があと五回生まれてくれたらきっとなる。

「そういえば『萩の月』っていう菓子があるんですよね」

森下が言った。

「今度出張の時にでも買ってきましょう。なかなかうまいもんですよ」

いつのまにか曖昧(あいまい)に微笑んで尚美は聞いている。

蟹の宿

その旅館のことを吉田が口にしたのは、昨年の冬のことだった。

「三朝温泉はね、静かでとてもいいところだし、立派な宿がいくつもあるよ。だけどあそこがやっぱりピカイチだろうなア。何千坪もある庭の向こう側は竹林でね、朝、寝床から眺めるとガラス一面が緑色なんだよ。それに冬の解禁日が過ぎると、最高の松葉蟹が食べられる……」

吉田はそう言って箸の先で、皿の上の蟹の甲羅をつついた。あれは西新宿にあるカウンター割烹の店であった。「日本海直送」というポスターにつられて、二人は蟹を注文したのであったが、吉田は運ばれてきた貧弱な蟹が気に入らなかったらしい。全くその蟹ときたら、滑稽なほど小さく、毒々しい赤をしていた。美和子は少女の頃、よく衿元に飾っていたブローチを思い出したぐらいだ。

信州の山奥に育ったからこそ魚にはうるさいという吉田は、その蟹が大層不満だったに違いない。けれどもケチをつける替わりに、美味かった蟹の思い出話をする。美和子は彼のこうした性格が好ましかった。

吉田は今年でちょうど四十歳になる。昨年の冬は三十九歳だった。五年前に妻と別れ、横浜のマンションにひとり暮らしをしているのだが、そうした男につきまとう薄汚なさがない。おそらく彼がやもめでいることを知っているのは、会社でも何人もいないに違いない。二度めの勤めで美和子はつくづくわかったのであるが、パートで働いている人間の方が、社内の噂に敏感である。どの男がどのような場所にいて、どのくらい伸びそうかということを、若い正社員のＯＬたちから、さりげなく聞き出したりする。いや、聞き出す、というよりも外部の人間だからという軽視によって、情報は無防備に流れてくるといってもいい。

そうした噂の対象から、いつもはずれるのが吉田であった。仕事は的確にこなすのであるがほとんど無駄話に加わらない。女たちに軽口を利いたり、笑い声をたてるさまを美和子は見たことがなかった。

「吉田さんはお高いのよ」

少し年のいった女がいったことがある。なんでも旧家のひとり息子ということで、最初から愛想がなかったという。とはいうものの、女たちの評判が悪い、というわけでもなく、何とはなしに口の端にのぼらせにくい男なのである。

しかしもしかすると、その頃から自分は吉田にまつわるささいな事柄を、掌でかき集めるようにしていたところがあったと美和子は思う。そうでなかったら人妻の自分が、彼とあれほどあっけなく深い仲になるはずはないのだ。

初めて吉田の部屋に行ったのは、一緒に蟹を食べたすぐ後の頃である。もちろんためらいや、恐怖と名付けたいほどの胸苦しさはあったものの、気づいたら自分も吉田の首に手をまわしていた。

「だって前から好きだったんだもの」

自分への言いわけは、そのまま男への媚びとなり、吉田はいっきに迷いを捨てた行動に出た。

美和子はもう少しで三十に手が届く年齢であるが、子どもがいないせいかそこかしこに少女っぽさを残していると吉田は言う。

「ぼんやりしていて可愛くて、十五の女の子がそのまま大人になったみたいだ」

これが夫にかかると、苛立たし気な声に変わる。

「全く君は甘ちゃんなんだよ。肝心なことをどこかに置き忘れているよ」

夫のあの声を聞くようになってから、自分は何かがひとつ終わったとわかり、別の何かを探すためにパートに出たのだと思う。そしてその延長線に吉田がいて、さらに線をひいたところにその竹林の中の旅館があった。

「美和子を連れていってやるよ。一緒に行こうよ」

自分がその旅館を知ったのは、ウランの開発にからんで出張した時だという。出張手当で泊まれるところではなかったが、取り引き先がぜひにと言っていろいろと気を使ってくれたそうだ。それ以来、二回ほど自分で出かけすっかり気に入ったのだと、吉田はいつになく熱を込めて話した。

「温泉に入って、うまい蟹を食べて、二人で一緒に朝までいよう」

しばらく美和子は返事が出来なかった。そんな旅が出来たらどんなにいいだろうという期待と、もし夫に知られたら大変なことになるというおびえとが、ほぼ同量となって美和子の胸を締めつける。

「そんなこと出来ない、そんなこと駄目よ」

吉田に会い、抱かれるのは密室で行なわれる。密室は、美和子の小心さや狡猾(こうかつ)さをすべて覆い隠してくれる貝殻のようなものだ。二人で旅に出るというのは、その貝殻から顔を出し、さんさんと照る陽ざしの中に身をさらすようなものである。その日光はどれほどまぶしいだろう。きっと目もくらむほどのものに違いない。

「二人で旅に出るなんて、とんでもないと思うわ」

とつぶやいた後で美和子は泣きたくなってしまう。悲しみではなく、自分の手足を縛している枷(かせ)の甘さに酔ったのだ。そしてその瞬間、旅に出る誘惑がぐっと重さを増した。けれどもいつまでもいじいじと悩むのが彼女の性癖であったので、すんでのところで吉田は怒り出すところだった。

「ご免なさい、行くわ。本当に嬉しいのよ、ただちょっと臆病になっていただけ」

そして自分の口調が、普段、夫に言う時とそっくり同じになっていることに気づいた。

それでも旅行前の一ヵ月間は本当に楽しかった。好きな男と旅に行く女が誰でもそうするように、美和子は愛らしい下着や小物をいろいろと取り揃え、美容院で髪を少し切った。

夫に嘘をつく時、自分の声が震えやしないかと心配したが、それも大層うまくいった。

ずにはいられない。

「短大の時の友だちが結婚するのよ。それでお祝いを持っていきながら、昔のグループで一泊したいんだけど」

と、夫はふうーん、そうと頷いただけだ。しかしその少し後、嫌味をひと言口にせずにはいられない。

「君の年で結婚するなんて、随分ごゆっくりだね」

夫はいつもそうだ。美和子を中年女として扱うことに喜びを見出している、と思う時さえある。最初の頃、美和子はひどく傷ついたものだが、今はもう慣れてしまった。こうして自分をだましだまし生きていけば、夫との仲を全う出来るのではないかと考えている。不倫というハードルの先に、離婚という同じ高さのハードルがあるのではなく、美和子の中で不倫と離婚との間には、深くて大きな川が流れているのだ。他の男を愛することは、人に知られることはない。途中で間違ったと気づけば引き返すことが出来る。が、離婚は多くの人に知られ、自分の運命を大きく変えることだ。美和子にはその気持ちがない。平凡な家で平凡に育てられた結果、自らの手で運命を裁断することは罪悪だとさえ感じてしまう。しかしもしも、吉田の方で大きく舵をふるおうと身構えたなら、美和子もありったけの英知と勇気を振り絞ったかも知れぬ。が、吉田は一度めの結婚で懲りたとはっきりと口にし、美和子との仲に決断を下す様子も、責任を感じているふるまいもない。

もしかすると美和子が脅えていると感じているもの、臆病だと恥じているものは、男の不実に対する防禦なのかもしれない。

とにかくその朝、美和子は複雑な感情のまま羽田空港に立った。羽田に来たのは久しぶりだ。四年前、九州に嫁ぐ従姉の結婚式が最後だったかもしれない。土曜日だというのにロビーはスーツ姿が多い。ガラスの向こうには、よく晴れた初冬の陽ざしと、それをはねかえす金属の翼が見える。それは美和子を後ずさりしたい気分にさせるのに十分であった。だから約束どおり二階ロビーの、真中あたりのソファに吉田の姿を見た時はどれほど嬉しかっただろう。彼は新調した美和子の青いスーツを気に入ったらしく、かすかに白い歯を見せた。だが近づくことはない。羽田空港では誰に見られるかわからないということで席も別々にした。その前も一緒にいない方がいいと決めたのは美和子の方だったはずだ。

それなのに吉田の笑顔を見たとたん、走り寄りたい気持ちが湧き上がる。本当にこの男が好きだと思う。好きな男と一晩共に過ごし朝まで一緒にいるのだということが、これほど嬉しいとは知らなかった。美和子はにっこりと笑う。青いスーツの胸元にチェックの絹のスカーフをしているがこれも新品だ。旅に出るために買った小物はよく吟味したものばかりだ。そんなことを今夜、きっと吉田の裸の胸の中で自分はつぶやくに違いない。

溢れ出たバラ色の感情は、あまりにも唐突だったので、美和子はしばらくそこに立ちつくす。持て余すほどの強い感情を、あまり彼女は持ったことがないのだ。やがて気を取り直し、すぐ近くの売店に出かけることにした。

羽田の売店はどこもそう大きくないが、しゃれたものがぎっしり並べられている。旅行用のバッグや、アイデアの土産物などを美和子はもの珍しく見た。その隣りの店は書店である。何人もの男たちが週刊誌を立ち読みしている。そうだ、今日行くところを調べてみようと美和子は思いあたった。ガイドブックを買おうとしたこともあったのだが、夫の目に触れたらとそれはやめにした。結局美和子は、今日行くところについて何ひとつ知らないのだ。

そう苦労することなく、美和子は旅行関係の本の棚を探しあてた。比較的大きな判で「山陰味の旅・湯の旅」という本があり、それを手にとった。吉田が言った旅館はその最初に出ている。

「五千坪の日本庭園の中に立つ美しい建物。裏山の竹林と障子とのコントラストが見事だ。料理のおいしさでも知られていて、冬のずわい蟹のシーズンにはぜひ訪れてみたい」

その和風旅館の玄関の写真を美和子はしげしげと見つめる。吉田が言ったとおりだ。何ていいんだろう、何て素敵なんだろう。料理の写真も載っていて、卓の上はぎっしりと皿小鉢が並んでいる。それは普通の共稼ぎの主婦に過ぎない美和子にとって、目もくらむようなご馳走だ。温泉へ出かけることの贅沢さが、次第に美和子はわかってくる。自分は本当に運がいいとさえ思う。今度の費用もすべて吉田が出してくれている。他の結婚した女、自分と同じぐらいの女たちは、今時分の週末、鍋にするための魚や白菜を買いに走りまわっていることだろう。それなのに自分は好きな男と温泉へ出かけ、蟹をたらふく食べるのだ。ひょっとすると不倫をすること、男と旅に出ることは、選ばれた女の特権ではないかと美和子は考えたりする。

その時、ごく反射的に美和子は首をひねった。耳の後ろのあたりに、強い視線を感じたからだ。美和子のすぐ傍には若い女が同じように本のページをめくっている。視線はその女の隣りから発生していたはずだ。ネクタイを締めず灰色のジャケットを羽織った若い男が、人さし指で本の背をなぞるようにしていたが、すぐに視線を他からそらしたことは、その落ち着きのない指の動かし方と肩の位置が語っていた。

「前に会った男だろうか」

だが、男の濃いもみあげのあたりや、特徴ある顎のかたちに美和子は全く見憶えがない。気持ちが悪い男だと、美和子はきっとした動きで本を棚に戻した。

出発三十分前に、美和子はセキュリティチェックを受け中に入る。だがゲートの前は行列がつくられている最中だった。飛行機に案内されるまで時間があるのだ。鳥取行きの便はほとんどが観光客である。観光会社の名を記した旗を持った男がいて、初老の女たちのグループに向かって何やら喋(しゃ)べっている。帰省か旅行か、子どもを連れた夫婦も目立つ。美和子と吉田はまんまとうまく紛れ込んだという感じだ。

自分よりずっと列の後ろに、しかも離れて、新聞を読んで立っている吉田の姿があった。かなりの満足を持って、美和子は自分の恋人を見つけた。吉田は背が高いのでスーツ姿もなかなか似合うが、こうしたラフなジャケットもうまく着こなしている。おそらく会社の女たちは、彼がこれほどチノパンツをしゃれて着る男だということを知りはしないだろう。スーツは気を使っても、休日の気の抜いた姿は見られない男が多いものだが、吉田は中のシャツの色といい、手に持った革鞄のなじんでいることといい、美和子はいつも感心する。今日はなおさらそうだ。四十近くなると男はくたびれて薄汚れていくか、いい艶(つや)が出てくるかのどちらかだが、吉田は後者の方に違いない。そしてこのスマートな男は、夜、ベッドの中で時々驚くようなことをいくつかする……。

美和子は自分の顔が赤くなっていることに気づきあたりを見わたす。いま自分の頭にうかんだことが映像になり、すぐそこのテレビに映ったりしたら、淫らな女と人々は驚き呆れることだろう。

鳥取空港は想像していたよりもはるかに小さな空港である。が、ここまで来ると安堵する気持ちは確かにあり、二人はタクシー乗場でごく自然に肩を並べた。

「ちょっと寒いわ」

「ここは山陰だからね、でも車に乗るまでの辛抱だから」

空港の前に並んでいるタクシーは多く、二人の順番はすぐにやってきた。最初に吉田が乗り込み、後から美和子が乗った。何気なく外を眺めた彼女は、思わず小さな叫び声をあげた。間違いない、あの灰色の上着の男だ。小さなボストンバッグを持ってバス乗場の前にいるが、視線はじっとこちらに向けられている。

「どうしたの」

「あの人……」

子どものように訴えようとして美和子は思いとどまった。バックミラーに好奇に満ちた運転手の眼鏡が見える。美和子の叫び声で彼も耳をそばだたせているのだ。

「あの人、さっき羽田の本屋さんで見たのよ」

出来るだけ小さな声で言ったらささやくようになった。

「なんだ、そんなことか」

吉田は笑う。

「そりゃあ彼も鳥取に来る用事があったんだろう。飛行機に乗る人が羽田にいるのはちっとも不思議じゃない」

だけどあの男は、私のことをジロジロと見ていたのよ。私が気づくと、さっと目をそらしたの。そして今、バスの向こうから私たちを見ているわ。絶対におかしいじゃないの、何かあるのよ。

その言葉は喉から上にのぼることはなく、胸のあたりをぐるぐるとまわる。タクシーの中で口にするのははばかられたし、何よりも吉田の機嫌を損ねたくなかった。自分の怯えは、男と旅に出た人妻の怯えなのだ。その臆病さを吉田はなじることはしないだろう。なじるほど彼は責任を感じていない。けれども面白くなくなるのは確かだろう。

これほど危険をおかしてまで来た旅に、暗い影がさすのはもとより美和子の望むところではない。美和子はやがて沈黙し、北国のよく晴れた空を見た。空気が澄んでいるためにとても近く見える。そして美和子は何かによって気持ちを奮い立たせようとしている自分を感じた。

やがてタクシーは大きな橋にさしかかった。

「三朝はあんまり変わっていないね」

吉田が大層明るい声を出す。

「久しぶりに来たお客さんは、皆さんそうおっしゃいます。っていうことはあんまり流行(はや)ってないってことですかねぇ」

「そんなことはないよ、いつまでも昔の温泉場の雰囲気が残ってるってことだよ」

ほら、あれをご覧と吉田は指で示した。

「川のあそこのところね、温泉が出るんだよ。だから夜になると、酔っぱらった人たちがすっぽんぽんになってみんな飛び込む」

「男ばっかりじゃありません。この頃は女もします」

吉田と運転手は声をたてて笑い、美和子はかすかに取り残された思いになる。こんな時、心から楽しめないのは、罪を犯しているような気分になるものだ。

川を渡り左に折れると旅館が見えてきた。一見こぢんまりしているつくりで、奥へ奥へと伸びている。広いロビーのガラスごしに、ゆさゆさと揺れている竹林が見えた。それは林というよりも竹の山だ。それは壁のように青い空を中断させている。が、あまりにも美しい緑なので圧迫感はない。ロビーに立つと谷底に入り込んだような感覚も悪くなかった。

「いらっしゃいませ」

和服の女が小走りに寄ってきた。

「お荷物をお持ちしましょう。あ、奥さまも」

奥さまと言われ慣れている美和子は、その言葉自体何の抵抗もない。が、女の口元に漂っている微笑の真意を探りあてたくてじっと見つめたりする。

通された部屋は、竹林がいちばんよく見える三階の角部屋であった。十二畳の座敷に控えの間がついている。美和子は今までこれほど豪華な部屋に泊まったことがなかった。

「お食事は何時頃がよろしいですか」

「そうだな、七時頃にしてください」

吉田は答えながら、小さな包みを差し出した。

「これ、少ないけどとっておいてください」

「おそれ入ります」

女中が出ていった後、美和子は吉田にわびた。

「ご免なさい、私、何にも気がつかなくて」

「いいさ、僕の方が旅慣れているからそれだけのことだよ」

それよりもお風呂に入ってくればいいと吉田は言いながら、吉田は美和子をひき寄せる。

「楽しい？」

「ええ、とっても」

「そりゃあ、よかった」

美和子の顎をつかんだと思うと、激しく唇を吸う。竹林が揺れている。とどくはずもない風に揺れる音が、ざわざわと美和子の中に起こる。

「この続きは後にしよう」

吉田は美和子の胸から手を離した。

「今日はゆっくりと楽しくやろう」

「いやね」

美和子は赤くなる。

「おやおや、僕の言っているのは食事とお酒のことだよ。君はいつからそんなにエッチになったのかな」

そんなおどけ方は吉田には珍しいことだった。

主婦にとって旅館の食事ほど胸はずむものはない。ちまちまと綺麗な皿にもった料理が運ばれ、給仕もすべて他の女がやってくれる。浴衣(ゆかた)姿でだらしなく膝を崩しながら箸を動かすのは大層楽しいものだ。

「さあ、昨日解禁日の蟹でございます」

女中が藍の大皿を運んできた。

「これは松葉蟹なの」

吉田が尋ねると、女中はちょっと小首をかしげるようにした。その様子はなぜか狡猾に見える。

「いいえズワイの方なんですよ」

「あら、ズワイ蟹と松葉蟹って、松葉の方がずっとおいしいのかしら」

「違うよ。ズワイ蟹のオスをね、特別に松葉っていって珍重するのさ」

「でも私ども地元の人間は、メスの方を好みますねえ。メスの方が卵(たまご)がついていてずっと美味しいじゃありませんか」

　女中は如才なく言い、またせわしなく出ていった。

「まあ、メスは卵があるかもしれないが、オスの繊細な味の方が僕は上のような気がするなあ」

　吉田は美和子よりもはるかに慣れた手つきで、蟹の足を取る。

「いや、まずは身の方からいってみようかなア」

　ぱっくりと二つに割ってある身の内には、毒々しいほど青い卵がぴっしりと貼りついていた。その隙き間のないほどの卵の量は、ひどく淫蕩な感じさえする。清楚なだいだい色の甲羅の下に、これほど青い卵が埋まっているのは少々気味が悪い。

だが卵はねっとりと舌にからみつくようで甘味があった。

「ビールじゃなくて日本酒にしてごらん。その方が蟹にはよく合うよ」

　前から吉田はかなりの美食家だと思っていたが、旅に出るとそれにまめまめしさが加わる。彼は美和子のために蟹の足をとり、このあたりがうまいと指示をくだす。

「この年になるとよくわかるよ。人生、くよくよしたって仕方ない。あせって生きてみても先は見えてる。うまい酒とうまい食べ物、こうしてさ、時にちょっと極楽を味わっていけたらそれで十分っていう気がしてくるのさ」

「私もその都度楽しむ、お酒や蟹みたいなものなのかしら」

「そうかもしれない。僕は美和子のことを、神さまが与えてくれたご褒美のように思っているからね。蟹もご褒美、酒もご褒美、美和子もご褒美」

「ひどいわ、蟹と一緒にされるなんて」

美和子がふくれると吉田は笑った。

そして女中が食器を下げにくるやいなや、控えの間に敷かれた布団の上に美和子を誘った。

「さあ、こっちへおいで。極楽のきわめつけをしよう」

旅館の浴衣というものはなんとみだらなものか、と美和子は思う。細い布の帯ひとつで、前はすべてはだけてしまう。そしてその下には、温泉のほてりを残したままの肌がある。上の下着はもちろん身につけていない。

「美和子は蟹だ。本当に可愛い蟹だ」

吉田は皿から蟹の足を取り上げた時よりもはるかにせわしなく美和子の脚を広げ身をせせり出した。

吉田もいつもと違うが美和子も違う。しばらくして彼女は、自分がたてた声の大きさと、味わった快楽の深さにしばらく茫然となる。

「私……、なんだかおかしい……」

男の胸に顔を埋めたら、また竹林が歌い出した。ざわざわざわざわ――。

けれども人妻の美和子は、そのまま眠りに入ることが許されない。吉田の腕をはずしながらささやいた。

「私、もう一度、ちょっとお湯を浴びてくるわ」

男は少し首を動かし、不審な表情をする。今、女に与えたばかりの愛撫は、湯を浴びるという欲求と行動を残すほどやわなものではなかったはずだという顔つきだ。

ゆるゆると帯を締めたままの姿で、美和子は廊下を歩き出す。情事を終えたばかりの女が、そのままの格好で歩けるところが旅館の他にどこがあるだろう。

さっき吉田が湯に出かけた間に電話をしたが夫は留守だった。十二時近い今なら、もう帰っているに違いない。ロビーの片隅に公衆電話があるのを確かめている。吉田に気づかれないよう、テレフォンカードはタオルの間にはさみ、見えないように工夫してきた。

ロビーには浴衣姿の男がまだ何人も残っていて、宴会が物足りなかったらしくビールを飲んでいる。若い女が何人か浴衣の前がはだけているのを気にする風でもなく、男たちと笑いさざめいていた。

美和子はそのグループを避けるようにしてロビーの隅を歩き、公衆電話の前に立った。まず小さく咳払いをする。自分のからだの中から、三十分前のすべての記憶が抜けていったらと思うまじないであった。

「もし、もし……」

夫の声が妙に遠くから聞こえる。

「寝ていたかしら」

「寝てやしないよ。さっき帰ってきたところだ」

「夕飯はどうしたの」

「会社の連中と飲みに行ったついでに食べたよ」

夫のめんどうくさそうな様子が、普段と少しも変わっていないことに美和子は安心する。

「それじゃ明日、夕方には帰るわ」

「ああ、友だちによろしくな」

最後のひと言はもしかすると大変な皮肉ではないかと考えたりするが、電話の向こう側の夫はあっさりと電話を切った。

そして受話器を置いた美和子はふと横を向き息を呑む。そして恐怖のあまりまざまざと目を見開いた。

すぐ傍に立っているのは、羽田と鳥取の空港で出会った男だ。灰色の上着の替わりに旅館の名を染め抜いた浴衣を着ているが、美和子にはその男が誰だかすぐわかった。

男は美和子を見て薄く笑った。

そのとたん、美和子の足ががくがくと震え、すべてのことを悟った。

この男は夫のまわし者なのだ。夫は自分の旅のことを気づき、この男をさし向けたのだ。

気がつくと美和子は走っていた。自分の部屋のドアを大きく叩く。鍵で開けることなど少しも考えつかなかった。

「どうしたんだ」

胸が半分見えるほど浴衣をはだけて、吉田が顔を出した。

「大変なの、すぐ来てちょうだい」

気がつくと美和子の頰は涙で濡れていた。

「早く来て。怖いわ、大変なの。早く来て」

エレベーターの中で、美和子はうわごとのように言う。

「あの男なのよ。私をずっと尾(つ)けてきたのよ、私を脅(おど)かそうとしているのよ」

浴衣の男はきょとんとしたまま、元の場所に居た。彼の顔からは不気味さが消え、ただ困惑だけがあった。

「いったい僕が何をしたんですか。この人がガイドブックを僕より先にとって広げて、ああ、僕と同じところに泊まるんだなあと嬉しくなっただけなんです」

ロビーの男たちが寄ってきた。美和子はただ泣きじゃくっている。

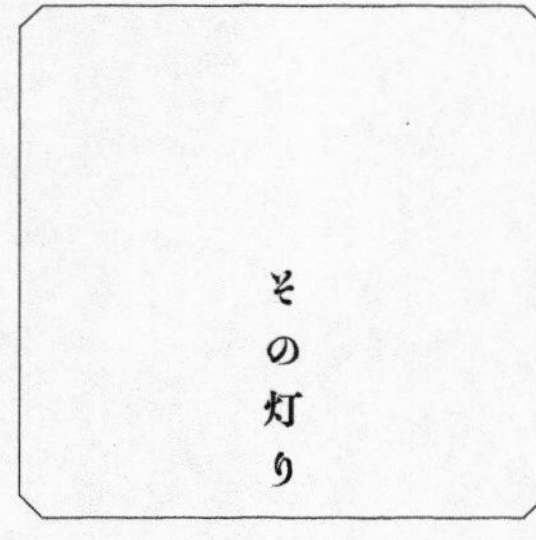

その灯り

こんなはずではなかった。どうしてこんなことになったのだろうか。

後悔と困惑のあまり、軽い吐き気さえしてくる。けれども金谷はそれを自分の胸奥深く押し込めようと、わざとゆっくりと煙草をふかす。こういうしぐさを〝不貞腐れる〟というのだろうか。しかし不貞腐れるというのは、女に使われることが多い。いま自分のしていることは、文字どおり女々しいことなのだ。そんなことはわかりきっている。わかりきっているが仕方ないではないか。

煙草を吸うのは久しぶりだ。三年前に禁煙の誓いをたててから、それは実にうまくいっていた。けれどもいまこんな時に、男が煙草をふかさないで、どうして話が出来るだろうか。そして目の前には、禁煙と、それを破るきっかけになった村田由季子が

いる。三年前、

「金谷さんってヤニくさい。私、ヤニくさい人とキスするの嫌いよ」

と世にも愛らしく言った女は、いま厭わし気に金谷を見つめている。その目に、ひとかけらの愛情も未練もないことに金谷は啞然とした。久しぶりに会った自分に対して、由季子はもっと違うものを見せると思っていた。それを期待して金谷は由季子を呼び出したのではないか。

「金谷さん、これでご満足いただけたでしょう」

一杉礼子が重々しく声をかける。由季子の高校時代の同級生で、公認会計士の試験に受かったばかりというこの女が、金谷は大嫌いだった。途中からこの女が、由季子の〝代理人〟として登場してきたから、話はますますこんがらがってきたのではないか。滑稽なほどえらが張った大柄な娘。おそらくこれから先、男を愛しても男に愛されることがないだろう女に、いったい何がわかるというのだろうか。

「金谷さん、何か言ってくださいよ」

沈黙に耐えかねたように礼子が叫んだ。

「これで約束は守ったわけですからね、私たちとしては。金谷さんは由季子さえ連れてきたら、嫌がらせはいっさいしないって言ったんですからね、約束は守ってくださいよ」

「嫌だね」

反射的に声が出た。その声が図太くて、中年男の嫌らしさをすべて含んでいることに金谷は我ながら驚いてしまう。

「あんたが邪魔なんだよ。由季子を連れてきてくれっていったのは、二人きりにしてくれっていう意味だよ。あんたが帰ってくれりゃあいいんだ」

「まるでやくざみたい」

礼子が吐き捨てるように言い、金谷はああそうさ、俺はすっかりやくざなのだとそれは口に出さずに言う。

由季子とつき合っている最中、金谷はしばしば別れの場面を想像した。それはなんと愛に満ちて美しい場面だったろうか。自分に似つかわしい青年とめぐり合った由季子が、ある日そのことを告げる。自分はにこやかに祝福を告げるが、心の中は淋しさと深い苦渋が押し寄せてくる。けれどもきっと微笑んで、由季子を送り出してやることが出来るに違いない。たくさんの思い出をありがとうとつぶやきながら……。

「何を考えているの」

金谷の裸の腕の中で由季子が問う。金谷がこうした夢想にふけるのは、ことが終った、満ち足りた時間の時が多かった。

「いや、由季子と別れる時、俺はいったいどうするのかと思ってね」

「イヤッ、またそういうことを考えるんだからァ」

ベッドの上の女というのは、年よりもずっと若くなるものだが、鼻にかかった甘い声は、由季子を二十六歳の女には見せない。拗ねたように腕をからましてきた時、金谷は高校生の娘が、五つ、六つの時によくこうして飛びついてきたことを思い出したものだ。

「私はね、ずっとタツリンと一緒なんだからァ、本当よ。私、だって他の男の人なんか全然目に入らないんだもん」

本名の達二からとって、金谷はタツリンと呼ばれていた。世界中でそんな呼び方をするのは由季子ひとりで、金谷はその幸福を四十一歳の時に得たのである。

三年前、居酒屋とも安直なパブともつかない店で、金谷は由季子と合い席になった。金谷は男三人、由季子は女二人という組み合わせであった。もうひとりの女もよく飲み、よく喋べったが、由季子もそれに負けていなかった。最後の頃には金谷たちが渡した名刺を見て、ある外人歌手のコンサートに行きたいと言い出した。金谷の会社がスポンサーになっていることを由季子はよく知っていたのだ。

「ああ、二枚ぐらいならどうにでもなるよ」

三人の中でチケットを手に入れることが出来るのは金谷だけだった。それが無性に嬉しく誇らしい気がして、自分は少し酔っているのだなあと金谷は思った。それがすべての始まりだった。

二日後、由季子に会いチケットを渡し、半月後、そのお礼だということで食事に誘われた。

「アリーナ席なんでびっくりしちゃいました。あんないい席で見たのは初めて」

若い女のグループが多い気軽なイタリア料理店で、由季子と向かい合った金谷は大層面映ゆい思いをした。が、それは決して悪い気分ではない。

「一緒に行った友だちも大感激、これなら握手も出来る近さだって」

ここで金谷は理解した。由季子は男と出かけたのだ。彼はまた、一緒にスナックに来ていた、髪の長い娘が従いていったものと思っていた。

「じゃ、僕は、君の恋人のために頑張ったわけだ」

皮肉を口にした時、金谷の息が少し荒らくなった。

「そんな、恋人じゃないわ」

由季子はくっくっと笑う。笑うと彼女の唇の両端に薄い皺が寄る。それはちょうど笑窪の代わりになり、由季子をあどけない少女のように見せるかと思うと、角度によっては中年女のような太々しさを見せる。後で聞くと由季子はこの皺が気になって、毎日マッサージをしているという。

「恋人とかそんなんじゃなくて、単なるボーイフレンドですよ」

「ただのボーイフレンドでも嫉けちゃうな。彼のために宣伝部の奴に頭を下げたかと思うとね」

胸の中にしこりとなっていた感情は「嫉く」という言葉にして出してみるととてもすっきりした。金谷はそれにはずみをつけ、由季子を口説き始めたのだ。五分五分と勝算を踏んでいたのだが、由季子は案外すんなりとホテルに従いてきた。多分若い娘の好奇心というやつだろうと、金谷は思いがけぬ幸運に少しとまどった。

もちろん浮気は初めてでないが、相手は出張先でのプロの女たちだ。海外へ行った時の〝接待〟ということもある。一度、社内のハイミスになりかけた女に気持ちを寄せられたことがあるが、これはうまくかわした。だから本格的な不倫は由季子が初めてといってもいい。

金谷のまわりに、若い女とつき合った経験のある男たちが何人かいる。彼らは、

「まあ、知恵と元気が出てくるぞ、びっくりするぐらい」

と微妙な笑いをうかべて言ったものだが、本当にそのとおりであった。由季子を抱くたびに「これでもか、これでもか」という意地と力が湧いてくる。それはもう妻との間に決して生じないものであった。知恵がつく、というのも本当のことで、由季子とつき合っている最中、金谷は瞬時にさまざまな言いわけが出来るようになった。多分、妻は何も怪しんでいないはずである。そうでなくても彼女は、三十五歳で生んだ末子の世話で忙しい。金谷に目がいかないというのが正しいだろう。

金谷は出張の帰りに由季子と待ち合わせて小旅行をするすべも学んだ。ゴルフのバッグを車に乗せ、そのまま彼女のアパートへ行くなどという技は何度も使った。

妻を欺くこと、時には会社を欺くことは何と楽しかったことだろう。これほどの幸福を与えてくれたのが由季子だ。

「いつまでも一緒にいたい、それだけでいいの」

などと可愛いことを言うが、いずれは自分と別れ、若い男と結婚するに違いない。その日が来たら、本当にいい思い出を有難う、とても楽しかったよと送り出してやろう。そんな自分を想像すると、満ち足りた暖かさが湧いてくる金谷であった。

そんな彼を裏切ったのは由季子の方である。一ヵ月前、正月に帰郷した時からそわそわしていたのは知っていた。だが突然のあの手紙はないではないか。

親からせっつかれて見合いをした。相手は若い歯科医だ。初対面だというのにすっかり気が合い、毎日会うようになった。もう私もそんなに若くはない。それよりも彼のことを本当に好きになったからすぐに婚約を決めた。三月には会社を辞め、故郷に帰って結婚をする。会うとつらくなるので手紙にする。長いこと、いろいろとありがとう。

ざっとこんな内容の手紙を斜め読みし、まず金谷の許(もと)に訪れたのは強い怒りであった。ありがとう、というのは面と向かって本人に言うものではないか。それなのにこの無礼さは何だ。自分に黙って見合いをしたばかりでなく、ちゃっかりと若い、収入のありそうな男と結婚を決めたという。そしてそのことを手紙で済まそうという、何という若さの傲慢(ごうまん)さ。

自分との仲が手紙ひとつで終わると本当に考えているのだろうか。

「とにかく会おう」

夜の電話で押し問答になり、由季子は最後に悲鳴のような声をあげた。

「お願い、この時間は彼から電話がくる時間なの。こんなに長くかかるとへんに思われるわ、早く切って頂戴」

その言葉を聞いたとたん、金谷の受話器を持つ手がわなわなと震え出した。

いったい男と女の仲をどう考えているのだ。もう会わないで、と言ったら、四十を過ぎた男がそれに従うと思っているのか。こんなことを言いたくないが、由季子には随分金を使った。彼女はもとよりものをねだる女ではなかったし、普通のサラリーマンに出来ることなどたかが知れていた。それでも由季子を何とか喜ばせようと、贅沢な鮨屋や日本旅館に連れていくため、どれだけ無理な算段をしたことだろう。あの頃は会社も景気のいい頃で、伝票の使い方をそううるさく言わなかったから、由季子を送るタクシーなどはよくチケットを使ったりした。あの年の女がいつもタクシーで帰り、カウンターで鮨をつまむことを覚えたのも、すべて自分のおかげではないか。そんなことをすべて忘れたふりをして、手紙で別れを言うのか。

五日間続けてそんな電話をしたら、アパートの電話はいつしか留守番電話になった。

「ただいま外出しております。ご用件の方はお名前とお時間をおっしゃってください」

寒い夜、かじかんだ手で公衆電話を握りしめながら、金谷は電話の向こうで由季子が息を潜めているのを感じた。この留守番電話のからくりを金谷は知っている。相手の声で、すぐに通話に切り替えられるようになっているのだ。

「今ね、いたずら電話で、ヘンな男の声がしたの。だからあなたからかかってくるまで待っていたのよ」

あの頃自分に告げた言葉を、そのまま婚約者に向けて言っているに違いない。

「君がいけないんだよ。僕だってこんなことをしたくない」

次の日金谷は、由季子の会社に電話をかけた。

「申しわけございません、ご迷惑をおかけしました……。はい、聞いております」

仕事の電話に誤魔かそうとする由季子にますます腹が立った。そして金谷はたった今、彼女がキャッと受話器をとり落とすような言葉を口にしたいという誘惑をどうすることも出来なかった。

「君とね、ちゃんと会いたいんだ。このまま別れようとするならば、あの手紙を婚約者に送ったっていいんだよ。僕に送ってくれた、見合いで歯科医と結婚するっていう手紙……」

向こうで「あっ」と小さく叫ぶ声がした。いい気味だ、大人の男を甘く見た罰というものだ。

「いいかい、あさって八時、いつもの東急ホテルのバーだ。君には絶対無理の時間帯じゃないはずだ」

　由季子のことは何でも知っている。会社はたいてい定時の六時に終わる。残業もあるにはあるが、月末の三、四日のことで、それも誰かに代わってもらえない職場ということもない……。

　しかしその時間、バーに現れたのは金谷が会ったこともない不器量な娘だった。

「私、由季子さんの同級生で、一杉礼子と申します」

　出された名刺には、会計事務所の名前があった。金谷の会社に近い虎ノ門の住所だ。

「このあいだ移ったばっかりなんです。私、公認会計士の試験通ったもので、前のところに居ても仕方ないもんで」

　礼子は得意そうに言った。おそらく他に楽しみもなく、やみくもに勉強してきたのだろう。しかし礼子の名前など一度も聞いたことがなかった。由季子が会わせてくれた高校時代からの親友というのは、由季子とよく似た綺麗な娘だ。彼女がここに来た理由はすぐにわかった。

「由季子さんから、あなた公認会計士だったら、弁護士さんみたいなことも出来るかしらって、私相談されたんです」

無知な若い女は、この二つをほとんどごっちゃにしていたらしい。

「まあ、どちらも国家試験がむずかしいですから、間違えても無理はないかもしれませんけれども」

礼子もその滑稽さについて笑っているのかと思ったが、どうやらそうでもないらしい。

「それで話を聞いたらあんまりひどい話なんで、私が力になれるんだったら、ちゃんとしてあげようと思ってここに来たんです」

彼女は金谷を睨んだ。どうやら脅しているつもりらしいのだが、ただ薄気味悪いだけだ。こうした場所には慣れていないらしく、すぐに視線を左右に動かし始めた。安っぽいオレンジ色のスーツといい、中年女のようなパーマがかかった髪といい、どうしてこんな無細工な女とここに居なければいけないのだという不愉快さが胸にくる。

「由季子さんは、今すごく困っているんです。もう式の日どりも決まっているのに、金谷さんが信じられないようなことをする、っていうことでした。私、こういうことは大人の男の人としてやるべきことじゃないと思います。他人の私が差し出がましいとお思いでしょうけれど、何とかなりませんか。由季子さんは、今は金谷さんに会わない方がいい、金谷さんがどういう条件を持っているのか、どうやったら怒りが解けるのか、私に聞いてきてくれって言われたんです。ぜひお聞かせください」

なるほど代理に選んだだけあって、この礼子という女はなかなか頭がいい。この年の女にしては言葉の選び方も適切だ。おそらく由季子は、東京にいる同級生の中からいちばん頼りになりそうな女を選んだのに違いない。

「僕の条件はただひとつだ。それは由季子に会ってちゃんと話をしたい、ただそれだけなんだ」

「由季子」と呼び捨てにした時、金谷は目の前の女の頰がかすかに上気したのを見た。ふとからかってみたい衝動にかられる。

「君は失礼だけど、ボーイフレンドとか恋人はいるの」

「いいえ、いません」

礼子はさらに頰を赤らめたが、いかにも自尊心の強い女らしくすぐにきっと顔を上げる。

「事務所でアルバイトしながら、ずっと勉強を続けていたんでそれどころじゃありませんでした。恋人は公認会計士になってからいくらでも出来ますから」

「なるほど」

金谷は、礼子がどれほど傷つくだろうとわかっていながら、笑いを嚙み殺した声になる。

「だから君は男と女のことが何にもわかっていないんだ。一度は愛し合ってつき合った男女なら、別れの時に会いたいと思うのは当然だろう」

「それはとってもよくわかります」

しかし、礼子はなかなか引き退がらない。

「由季子さんが言うには、金谷さんは前の金谷さんと違う。前の金谷さんだったら絶対にしないようなことをする……」

これはもちろん皮肉というものだ。

「つまり冷静じゃないから、会うのが怖い、っていうんですね。この場合、第三者をたてた方がいいだろうっていうことになったんです。金谷さんが以前の金谷さんに戻られて、普通にお話出来るようになったら、彼女もきちんと会うんじゃないでしょうか」

「冗談じゃないよ、それは順序が逆だよ。彼女がある日、一方的に別れを通告した。だからきちんと会って話が出来たら、僕もこんなことをしなかった」

若い娘に嚙んで含めるように喋べるうちに、苦い笑いが何度もこみ上げてきた。目の前にいる女は、さぞかしこの俺を愚かな男だと思っているだろう。年の離れた女とつき合ったばかりでなく、その女が結婚すると聞くや、眼の色を変えて追いまわしている。全くみっともないことをしているものだ。

金谷の落ち着きを取り戻した様子は、礼子にも伝わったらしい。

「金谷さんって、私が聞いたイメージと違いました。私が由季子さんを説得して、ちゃんと会うようにしましょう」

最後の口調は、二十代の女が四十代の男にするものではない。どうしてあんな器量の悪い、ずる賢そうな女に、あれほどえらそうなことを言われたのかと思うと、その夜、胃がまた痛んだ。このところ夕食後、いつも胃がしくしくと痛くなる。先日、人間ドックで、直腸に内視鏡を入れたところ、かなり大きなポリープが見つかった。

「一日で終わるから、すぐに切り取りましょう」

と医者は言ってくれたのだが、仕事の忙しさにかまけて手続きをとっていない。

「それって組織検査っていうやつなんじゃないの。ガンかどうか調べるやつ。私、聞いたことあるわ、ポリープだって言って切って調べるんですって」

妻が不遠慮な声をあげた時は、本当に殴ってやろうかと思ったものだ。そしてその夜から胃が痛み始めた。悪いところは直腸で、胃からは離れたところにあるはずなのに、夜になるとにぶい痛みが起こる。思い出すと、初めて胃が痛み始めて四日後に、会ってもいいという由季子からの手紙が届いたのだ。

いま目の前にいる由季子は唇をゆがめている。礼子に言われたからこの席に来たが、ほらやっぱりこのざまじゃないのと、その目は語っていた。

「とにかく二人にしてくれ」

金谷が低い声で言うと、礼子はひるんだように息を荒くした。大人の男が本気で脅したら、こんな世間知らずの娘などわけもないことだ。

「わかったわ。悪いけど、一杉さん、帰ってくれる」

一杉さんという呼び方に、二人の女の疎遠さがあった。礼子はそれよりも金谷と由季子との濃密さにすっかり混乱してしまったようだ。

「わかったわ。じゃあ、気をつけてね」

しぶしぶソファから腰をあげた。

このホテルのラウンジは、コーヒー一杯が信じられないような高価な値段だが、席と席との間がたっぷりと離れている。だから金谷はまわりを気にせず、たっぷりと自分を裏切りつつある女を見ることが出来た。それは視線による凌辱（りょうじょく）というものである。その女の体を隅々まで知っている男だけが可能な視線で、金谷は由季子を見つめる。

少し髪が短かくなっているようだ。何よりも肌が綺麗になった。以前口元の皺と共に、彼女を悩ませていた顎の吹き出物もすっかり消えた。由季子が嫁ぐ前の女独得の美しさを得たことを確認したとたん、金谷の胸は再びかき乱される。

自分は何と素晴らしいものを手に入れていたのだろうか。若く美しい女が自分を愛していると言い、体をすべて自由にさせてくれていた。その奇跡のような幸運が、今、音をたてて壊れようとしている。

これを阻止することはむずかしいだろうが、手をこまねいているだけ、というわけにはいかないではないか。このまま黙っていることは、自分の中の、いちばん認めたくないもの、そう「老い」を認めることなのだ。

「由季子」

長い沈黙の後、先に声を出したのは、やはり金谷の方だった。

「上に部屋をとってある。二人だけになりたいんだ」

「そうくると思ったわ」

由季子は口が耳元まで裂けたかと思われるような笑いをした。奥の銀歯まで見える。例の皺は顎の下まで拡がった。

「あなたってそういう人なのよね。最後にやらせてあげて、それで済むっていうんならいいけど、残念なことに、私、生理中なのよ」

金谷は女の言葉の意味がほとんどわからない。ただ感じるのは、自分がたとえようのない屈辱を受けたということだけだ。

そんなつもりはなかった。二人きりで部屋に入れば抱いたかもしれないが、部屋を予約した時はそんな気持ちはなかった。いや、もしかしたらあったかもしれないが、それは押し殺さなくてはいけないと考えていた。

とにかくこの場を収拾しなければならない。由季子の目が驚きのために大きく開かれ、この二人の間に流れる澱んだ空気がさっと変わるような言葉。

「由季子、俺と結婚してくれ」

自分の言葉に感動して、金谷は大きく頷く。

「由季子が俺と結婚してくれる、っていうのなら、俺は女房と別れるつもりだ。本当に明日にでも離婚届けを出してもいい」

たった今、思いついたことだから、真実なのだ。この三年間、溜まっていた溶岩がいっきに吹き出すような言葉だ。やっとわかった。俺はすべてを捨てる。

しかし由季子の表情に現れたのは、驚きでも感動でもない。

「もう、やめましょうよ」

ぞっとするような静かな声だ。

「私たち、いずれはさようならをしなきゃいけなかったのよ。私、金谷さんにうるさくまとわりついたことも、なかったでしょう。家庭に迷惑かけることもなかった。だから私が結婚する時はすんなり別れて、トラブルを起こさないでくださいよ」

最後の「くださいよ」という語調で、彼女は金谷を思いきり遠くにつき飛ばした。

金谷は最後の力をふるって起き上がる。未練よりも、この場合憎しみの方がはるかに力を持つということを彼は初めて知った。

「俺は君のことを、君の両親に話す。それから君の婚約者にも話す。洗いざらいだ。それでもいいのか」

「いいわよ、どうぞ」

由季子はふんと鼻を鳴らした。初めて目にするふてぶてしい顔だ。今日、金谷は初めて見るものが多すぎる。

「彼は私に夢中だから、私のことを何でも信じるわ。信じなくたって、私を失ないたくないと思うわ。金谷さん、金谷さんだって家庭やおうちがあるんでしょう。もう、みっともないことはやめた方がいいわよ」

由季子はハンドバッグを開けた。何を出すのかと思ったら、財布の中から千円札を三枚つまみ上げた。

「これ、私と一杉さんのコーヒー代。私が呼んだんですから私が払います。でも申しわけないですが、消費税は払っておいてくださいね」

千円札三枚と金谷はとり残される。これでいいのだという思いと、決して引き退がるものかという思いとがせめぎあい彼はげっぷをもらす。胃がまた痛み出した。


その二日後の夜であった。「ニューステーション」を見ていた金谷を、妻が呼ぶ。

「村田さんっていう方から電話よ」

ぎくりと腰を浮かしたら、なぜか勝ち誇ったように妻が言った。

「わりと年配の男の人。なんだか訛りがあってもごもご喋べる人よ」

通話のボタンを押すと、確かに初老の男の声がした。

「わたくしは村田由季子の父親でございます」

多分そうだろうと思っていたが、金谷は沈黙するしかない。男は名乗った後、しばらく何も言わず、そしていっきに喋べり出した。

「まことにあんな娘を持ってお恥ずかしい限りですが、あんな娘でも娘は娘ですし、結婚も決まっております。やはり親としては見てはおれません。昨日、娘がすべて話してくれました。申し上げますが、こちらも知り合いの弁護士ぐらいおります。私はあなたがそれ以上のことをなさると、しかるべき法的手段に訴えるつもりでおります。弁護士の先生に今後は交渉していただき……」

違うんだ、違うんだと金谷はつぶやき、受話器をばたんと置いた。

こんなはずではなかった。違うんだ、違うんだ。叫びにならない声が、ふわふわと体を揺さぶる。

「どうしたんですか、あなた。真青な顔をして」

妻と高校生の娘、そして五つになった長男がこちらを見ている。長男までつぶらな目でこちらを睨んでいるのがわかった。

「ちょっと外に出てくる」

「いったい何があったんですか」

妻の金切り声を背に、ガレージへ行きキイを入れる。環八を通って都心に入り、それから由季子のアパートへたどり着くのに二時間はかかるだろうか。彼女の部屋に入るつもりはない。ただ部屋の灯りを見たいと思った。

かつては金谷のために灯(とも)された橙(だいだい)色のあかり、それを見るだけでいい。自分にもそんな胸はずむ時があったと、何かが教えてくれればそれでいいのだ。狂気が去り、涙が静かに流れてハンドルを持つ手を濡らす。灯りを求めて、金谷はさらに走り続ける。

彼と彼女の過去

成田と千晶が結婚するらしい、というニュースを聞いたのは、編集者の影山からで、場所は麻布のスタジオだった。

モデルが到着するにはまだ少し時間がある。モデルといっても、今日はかなり人気の出始めた若いタレントだ。インタビュー記事に添える写真のためにスタジオ入りすることになっているのだが、プロのモデルと違ってぎりぎりの時刻にやってくるに違いない。私はアシスタントに命じ、その日着せる洋服にすっかりアイロンをかけ終った。影山も昼の弁当の手配などこまごましたことを済ませ、スタジオの隅のテーブルに座った。まだ照明を決めかねているカメラマンを見ながら私たちはゆっくりとコーヒーをすすり、とりとめもないお喋りをした。影山は私とは最近のつき合いだが、あまり業界の噂話をしないところが気に入っている。彼は最近凝っているスキューバ・ダイビングの話を始め、この間の正月は仲間でサイパンへ潜りに行ったと言った後、唐突に成田の名前を出したのだった。

「そういえば、成田さんがやっと年貢をおさめる、って知っていましたか」

まだ三十になったばかりの彼が古風な言いまわしをしたので私は笑うふりをしたが、少しぎこちなくなったかもしれない。驚きが唇の端で凍りついたままになった。しかし影山はそんなことに気づかないようで、成田という名前を舌に乗せたことで急に活気づく。

「僕、このあいだも六本木で会ったばっかりなんですよ。いつもみたいに、モデルだか素人だかわからないような女の人たちを連れて、にぎやかに飲んでましたよ。あの時、結婚するって知っていれば、ちょっとからかえばよかったかなあ」

彼の口調には親愛と尊敬が溢（あふ）れている。私から見れば成田というのはまるで出鱈目（でたらめ）な男だが、若い編集者には絶大な人気を得ていた。なにしろ成田というのは伝説的な男なのだ。四十二歳になる彼は、かつて大手出版社で若者向けの情報誌をつくり、それを大成功に導いた。その後も女性誌を創刊し、これも大当りをとった。三十五歳の編集長などともてはやされた彼をやっかみ、社内の陰謀が起こると、すべて投げ捨てて会社を辞めてしまった。七年前のことだ。その後は本のプロデュースをしたり、イベントの企画をしたりしているが、新雑誌の企画が起こるたびに、編集者たちが「成田詣で」をするという噂だ。いや、噂でなくてそれは多分本当だろう。彼の企画力や人脈というものは、そこいらの編集者が束になっても敵わない。

「広子さんは、確か成田さんと親しいんでしょう」

「親しい、っていうよりも昔からの遊び仲間よ」

私はそう答えながら、右手を宙に浮かした。二ヵ月前に禁煙をして、それはかなりうまくいっているというものの、何かの拍子に手がひょいと煙草の箱を探してしまう。

「みんな若かったからね、それこそ毎晩のように無茶な遊びをしたのよ」

七〇年代から八〇年代にかけての、青山や六本木のしゃれた店の名前がいくつか浮かんだが、あまりにも年寄じみているような気がして口に出すのをやめた。

「じゃあ、室瀬さんもその頃からのつき合いなんですか。今度、成田さんが結婚する室瀬千晶さん」

「まさか。まるっきり人脈が違うわよ」

室瀬千晶は私もよく知っている。彼女が代官山に輸入もののキッチン用品やリネンを集めた店「アール・グレイ」を開いたのはもう七年ほど前のことだ。当時、そうした品物を扱う店は少なかったから、マスコミはすぐ飛びついた。私も何度か商品を借りにいくうち、同じ大学の同窓生だとわかり親しい口をきくようになった。

店のオープンした時は、二十五歳の若さだったが、今はもう三十二、三になるだろうか。だがぬけるように白い肌や、育ちのよさそうな笑窪(えくぼ)が出来る顔立ちは、全く年齢を感じさせない。今でもちょっとした有名人として、よく雑誌に顔写真入りで出ている。

とはいうものの、彼女と成田とを結びつける線というのがなかなか出てこない。編集者をしていたといっても男性で、しかも上の立場にいた成田が「アール・グレイ」に出入りすることは考えられないことだ。

私は知り合いの男や女、そして成田や私が出入りする店をあれこれ思い浮かべてみたが、どうしても二人の線を結ぶことが出来なかった。それで私はいつのまにか少し不機嫌になる。

「成田さんはまさか、結婚が初めてじゃないでしょう」

「あたり前よ」

自分の声が少し荒くなったのがわかった。

「二十代の頃に結婚していたわ。私、あの人の奥さんともよく遊んだもの」

「やっぱりバツイチかァ」

影山の言葉を否定してみたい衝動にかられたが、それはやはりやめた。何もこんな若者に多くのことを話してやる必要はない。

「私、もう一度、着せるものを見てくるわ」

そう言って立ち上がりながら、私は今夜成田に電話してみようと決心する。

成田ほどつかまらない男はいない。これほど忙しいくせに留守番電話を嫌っているからなおさらだ。昼間、彼の事務所に電話すればよかったのだが、撮影でその時期を逃してしまった。

九時、十時、十一時と一時間おきに電話をして、受話器がはずれたのは夜中のかっきり一時だ。

「随分早く知られちゃったなあ。俺のまわりでも知っているやつなんてほとんどいないぜ」

「地獄耳っていうやつよ」

「おっかねえなあ。地獄耳のうえに、般若みたいな顔になっていくから嫁き遅れていくんだよ」
「余計なお世話です。『紅の豚』にいろいろ言われる筋合いはないわ」
三十代から成田は徐々に太り出し、四十二になった今では見事な二重顎になってい
る。が、声は若々しくて非常に〝間〟のいい男だった。彼と喋っていると、ひといき
に階段をのぼるように会話がはずむのだ。
「ねえ、どうして千晶さんと親しくなったの。私、今日、あれこれ考えてみたんだけ
ど、どうしてもわからないの。もちろんあなたも彼女も、近い世界にいるわけだか
ら、パーティーやどこかで顔を合わすこともあったでしょうけど」
「冗談じゃない。彼女も俺もパーティー嫌いっていうことで気が合っているんだから
ね」
成田に言わせると、パーティーというのは、二流の人間たちがどこかにおいしい話
はないだろうかと集まってくるものだという。一流の人間は忙しいのと馬鹿らしいの
とで、絶対にあんなものにつき合っていられないというのが持論だ。
「じゃあバー『パンドラ』かどこかで会っているのかしら」
「いや、彼女は酒は一滴も駄目なんだ」
〝彼女〟という単語に、もはやさまざまなものが滲んでくる。

「場所はデンマークのコペンハーゲン」

「えっ」

「彼女と知り合ったところさ」

成田の説明によると、航空会社のタイアップ記事を書くために、カメラマンとライターとの三人でデンマークを旅した。

「いや、俺が行くこともなかったんだが、ほら、相手が航空会社のもんだから、チケットは三、四枚もらえる。俺はデンマークは初めてだったからちょっと行ってみる気になった」

そしてロイヤル・コペンハーゲンの工場を見に行ったところ、そこにやはり日本から千晶が来ていたという。彼女も工場を見学していた。

「その時はちょっとした立話をしたぐらいだったんだけれど、帰りの空港でまたばったり会って帰りの便が同じだったんだ」

惚気(のろけ)るという風でもなく、そうかといって照れるというわけでもなく、淡々と話を続ける。成田という男は、こういう業界によくいる話の面白い男で、サービス精神たっぷりのオチをつけて皆を喜ばせるが、今はそういうこともなかった。

「帰りの飛行機も隣りにしてもらって、いろんなことを話してきた。その後、よかったら今回買った食器で夕食をご馳走しましょう、っていうことになって友人と一緒に行ったんだ」

私は誰かがしていた千晶の噂話を思い出した。三十を過ぎても彼女は結婚の経験もなく、玉川田園調布の実家で暮らしている。一度、家の中で撮る取材に行ったところ、大きな家で驚いたそうだ。輸入雑貨の店を出してもらったのも親の金らしく、おっとりとした物ごしとあいまって、千晶は「嫁き遅れた良家の子女」というイメージが出来つつある。成田はそうした姿に惹かれたというのだろうか。

「まあ、いずれは何かしなきゃならんだろうが、その時は来てくれよ。もっとも二人ともいい年だから、仲間を招んで簡単なパーティーをするぐらいだろうが……」

それで話を締めくくろうとする成田に、私は不意に何か小さなものをぶつけてみたくなった。

「私、千晶さんと同じ大学なのよ」

「ほう……」

「もっとも私の方が五つ上だから、学校の中ですれ違ったこともないだろうけど」

私たちの学校は郊外の高台にあり、名門校というほどでもないが、こぢんまりした一貫教育が好まれて金持ちの息子や娘が少なくない。地方の高校を卒業して、大学にだけ進学した私とは、一線を画すようなグループが確かに存在していた。小人数の学校だから千晶のことは後輩にでも聞けばすぐにわかるに違いなかった。

「どう、奥さんの素行調査してあげようか」

私は笑いを含んだ声で言った。

「彼女が大学の時、どんな男とつき合っていたか気になるでしょう」

「よせやい。彼女もいい年なんだぜ。二十歳やそこらの娘と見合いをしたわけでもないんだから、そんなこと気になるはずないじゃないか」

「そうかしらねえ」

私は成田自身さえ気づいていない、いや、認めたがらない古風なところや律義さをとうに知っていた。

「別に世間話として聞く分にはいいじゃないの。自分の女房になる女が、どんな風な青春を過ごしたか聞くのって、別に悪いことじゃないと思うわ」

「そういうのは、彼女の口から聞くよ」

この言葉は冷たく私をつき放した。成田もそのことに気づいたに違いなく、

「まあ、近いうちに飲もうよ。君もここんところはバブルがはじけて暇だろう」

「失礼ね、私はバブルに影響されるようなちんけな仕事はしていないわ」

「お前な、そういう強がりばかりいっていると、今年も嫁き遅れるぞ」

最後はいつもの軽口で終わったのだが、その夜私はなかなか寝つけなかった。成田の結婚をひとり、ふたり女友だちに報告し、ついでに長電話をしたせいもあるのだが、寝しなの紅茶にかなりの量のウイスキーを入れなくてはならなかったほどだ。本当のことを言うとこの二、三年、私は不眠に悩まされていた。医者に行くほどでもなく、舌うちをしながら寝返りをうっていくうち、夜明け前には眠りにやっと入れるのだが、朝早い仕事の時にはつらかった。けれどもこれを他人に打ち明けると、必ずからかいの種にされる。そろそろ更年期なのか、男がいないのかと問われ、私のような年代の女は純粋に悩むことは許されないようなのだ。その夜、紅茶を飲み終え、あまり面白くないミステリーを手にしながら、私は不意にある考えにいきあたった。

成田はきっと電話をかけてくるに違いない。他愛ない世間話をしばらくした後、ほんの思いつき、ちょっとした戯れのように言うだろう。

「ほら、君の言っていた、あれ」

「あれって何かしら」

私はとぼける。

「ほら、あれだよ。千晶が学生時代どんな風だったか、ちょっと聞いてみるのも面白いかなあと思って」

「ふーん、成田さんって、そういったコチコチのところ、昔からあんまり変わってい
ないわよね」

　きっと私は嫌味を言うだろうと思ったとたん、久しぶりに突然に、ごくやさしく眠りがやってきたのだった。

　私の想像はそのとおりになった。違っていたところは、成田の前置きが短かかった
ことと、私があまり嫌味を言わなかったことだ。

「それにしても偶然だね」

　用件の最後に、成田が明るい声を出す。

「君と彼女が、同じ学校を出ているなんて」

「そうかしら、そんなに驚くことかしら」

「驚きやしないが、あの学校を出た人間はとても少ないんだ。まわりにも全くいな
い。それなのに君があそこの卒業生だなんてね……」

「私のイメージじゃないってこと」

「いや、あそこはわりとお坊ちゃま、お嬢ちゃま学校って聞いていたから」

「そりゃあ、付属から来ていた人は、慶応を落ちたような坊ちゃんやお嬢が多かったけど大学自体は普通の学校よ。おたくの奥さまは付属なんでしょうけど」

「ああ、幼稚園から通っているんだ」

成田は私の大嫌いな男の口調になった。全く、うちの女房はお嬢さま育ちで仕方ない、と愚痴るふりをする男ほどみっともないものはない。

「はい、はい、私はおたくの奥さまの素行調査をいたしますよ」

電話を切る時は、ついに嫌味ではなく皮肉になった。それなのに成田は気づかないように念を押す。

「言っとくけど、何かのついででいいんだぜ。別に特に電話してくれなくてもいいし……」

私は彼の身勝手に少し腹を立てていたというものの、電話が切れたとたん、もうアドレス帳に手を伸ばしていた。実のことを言うと何度も受話器に手をかけたのだが、自分の心の卑しさを恥じてそのままにしていたのだ。しかし今はためらうものは取りはずされていた。私は成田のためではなく、自分自身の好奇心のためにプッシュホンを押す。下の番号は憶えているのだが、千葉の市外番号がいつもおぼろげになってしまうのだ。

それにしても成田はこの点に関して情報不足だった。うちの学校の卒業生で、マスコミに進んだものはかなりいるのだ。もしかすると彼の視界に入らないのかもしれないが、男は断言はしない方がいい。

篠原真弓は、私がスタイリストになる前、しばらく勤めていた広告代理店にいる。私が代理店に在籍していたのは一年足らずだったし、彼女とは五歳違うのだから本来親しくなるはずはないのだが、私たちはクラブのOG会が一緒だった。洋弓部というところは、あの自由な学校にしては珍しく上下のけじめがしっかりしているところで、真弓はからかい半分に今でも私のことを「先輩」と呼ぶ。

しばらくの無沙汰をお互いにわびあった後、私は自分でもとまどうほどやさしく甘い声が出た。

「ねえ、あなた確か仏文科だったわね」

「ええ、そうですけど」

「じゃ、室瀬千晶って知っているかしら。あなたと年は同じだけど、学年は違うかもしれないわ」

「ムロセチアキ……」

彼女は昔の同級生を思い出そうとする人間がよくそうするように、名前を全く記号的に発音した。

「うちの学年にはいないような気がするけれど、どんな人かしら」

「ほら、時たま女性誌に出てくる輸入雑貨の『アール・グレイ』っていう店のオーナー。髪が長くて、ふわっとした感じの、なかなか綺麗な女よ」

「ああ、室瀬、室瀬千晶ね」

彼女の名前は、突然刷毛(はけ)でさっと塗られ色彩を帯びた。

「あのコは学年でひとつ下。でもよく知ってる。思い出したわ。忘れるはずないわ」

真弓ははずんだ声を出した。


その次の日の午前中、私は成田の事務所に電話をかけた。珍しく彼は今日一日、ずっとデスクワークをするのだという。

「だったらお昼でもご馳走してよ。そのくらいしてくれてもいいでしょう。あなたの奥さんになる人の素行調査をしてあげたんだから」

「お、脅迫する気かよ」

成田は磊落(らいらく)な風を装ったが、その実とても気にしていることは、電話を切り替えたことでもわかる。どうやら個室に入ったらしい。

「いいですか、申し上げますよ」

私は声を張り上げた。

「彼女と学校時代一緒だった女によると、千晶さんはね、当時テニスばかりやっていたんですって。真黒でかなりの美人なのに、ショートカットで、あまりにも色気がないから『宝塚』っていう仇名だったそうです。以上」

受話器の向こうから笑いが漏れた。

「何だ、情けない奴だな」

私は男のいちばん好む答えを用意してやったのだ。成田が喜ぶのはあたり前だろう。

「じゃ、一時半頃来いよ。その頃には店も空いているだろう。『トスカーナ』を予約しておく」

「トスカーナ」はかなり高級なイタリア料理店だ。彼の気持ちが手に取るようにわかる。たとえ他の女の力を借りたとしても、男の心がいっとき私の思うがままになったのは気分がよかった。

私は黒いセーターに黒のパンツをはき、春らしい色のテントコートを羽織った。今日は夕方からひとつ打ち合わせ兼食事会があるだけだった。先日コーディネイトをしてやった若いタレントが、私のことをとても気に入り、写真集の衣裳を全部手掛けてほしいと言ってきているのだ。

ついこのあいだまで芸能人のスタイリングをすることは、雑誌やCMの仕事よりも一段下のことのように思われていたが、彼女たちのドラマやプライベートで着ているもののセンスがとやかく言われるようになると、一概にそうとも言えなくなってくる。少なくとも名前を売るにはいいチャンスだ。私は昨夜来のはずんだ心をさらに昂めるように、イアリングをつけた。モデルのためのアクセサリーをたえずいじっているせいで、私たちのような職業の女は、必ずといっていいほどあっさりした格好を好むものだ。それなのに銀色の大ぶりのイアリングをつけたのは、私の心がかなり浮き立っているせいだろう。

私は電話をかけ、アシスタントに商品の返却を早く済ませるように指示した後、愛車のサーブに乗り込んだ。私の住んでいる代々木上原から代官山まで空いていれば十五分足らずだ。ヒルサイドテラスを少し行ったところで私は車を停めた。その店は一面ガラスになっていて、テディベアをちょこんと腰かけさせたベッドや、ぴかぴか光る鍋、市松模様の食器などが外からよく見えるようになっている。このあたりに多いこぢんまりとした店だが、中には店員が二人もいる。店の一角にテーブルが三つあり、そこでお茶を飲めるようにしているせいもあった。

ステンレスに「アール・グレイ」と書かれた扉を開けて私は入っていった。十一時開店で十五分過ぎているが、まだ客はひとりもいない。女が三人、伝票をつき合わせながらランチョンマットを並べていた。

「お早ようございます」

「あら、いらっしゃい」

いちばん背の高い女が、私を見てにっこり微笑んだ。グレイのカシミアのセーターとカーディガンに真珠のネックレスをしている。気恥ずかしくなるほどのお嬢さまルックだが、三十過ぎても千晶はこうした格好が似合った。

「お久しぶりですね。どうしていらっしゃったのかしら」

私はインテリアのスタイリストでもなく、五回ほどしかこの店を訪れたことがないが、彼女は親し気に近寄ってくる。別段千晶が馴れ馴れしい、如才ない女なのではない。こうした店のオーナーが、編集者やスタイリストといった人種を歓迎するのは当然のならわしだ。

「おめでとうございます。聞きましたよ」

顔を覗き込むようにすると、千晶ははっきりとわかるほど顔を赤らめた。

「ありがとうございます。でも、まだ、あれなんですよ」

意味のわからぬことをつぶやきながら、後ろにいる二人の店員をちらちらと見る。私はもうこの話は打ち切りにしますよ、といった合図に、にっこりと笑いかけた。

「お茶、もういただけるかしら」

「はい、すぐにお持ちします」

この店は名前にちなんで紅茶を出してくれるのだ。たいしてうまくもないが、代官山を行きかう車や人々をガラスごしに眺めながら、茶をすする気分は悪くなかった。テーブルには黄色のチューリップも飾ってある。こんな風に春の陽がそそぎ込む日だったら本当に悪くない。私はバッグからマイルドセブンを取り出した。さっき駐車場横の自動販売機で買ったものだ。煙草を吸わずにはいられないようないい気分に私はなっていた。そして二本めをふかしながら、私は忙しくたち働く千晶の姿を見ていた。

全体的にほっそりしているが、胸や二の腕に量感があるやわらかいからだだ。セミロングを茶色に染めた髪に、少し昔風のカールがついている。彼女はやり手といってもいいほどのオーナーなのであるが、どう見てもこのあたりの良家の人妻がふと買物に立ち寄ったように見える、この女が大学時代、助教授と不倫をしていたというのだから世の中面白い。

「千晶ね、千晶よ。あの頃私たちは『おタセ』と呼んでいたけど」

真弓はひどく下品な思い出話をした。

「あのね、その助教授が『龍川』っていうのよ。彼女が来るといつも部屋に閉じ籠もって鍵をかけちゃうんですって。ある時、何か急用が出来てあわてて出てきた時、ズボンの前がこんもりしていて、千晶は髪が乱れてた。なんともモロっていう感じね。それで助教授は『おタツ』、彼女は『おタセ』になったわけ」

喋っているうちに真弓は早口に、舌が滑らかになり、あきらかに楽しくてたまらない、という風になった。

「もちろん『おタツ』は奥さんと子どもがいたんだけど、一時期はもう捨てるんじゃないかって言われてたのよ。学校中であの頃、かなりの評判だったもの。千晶がちゃんと就職も出来なかったのも、そのせいだっていう友だちもいるわ」

私は三本目の煙草に火をつける。開店したばかりの明るく清潔な店で、煙草の煙は意地悪な闖入者となり斜めに横切っていくが仕方ない。灰皿が目の前にあるのだ。

「栗原さん」

千晶は手を休め、私の名を呼んだ。

「後でマグカップを見ていってくださいませんか。パリのデザイナーで、とっても可愛いのをつくる人がいて、少し仕入れてみたんです」

「ありがとう、ぜひ見せて頂戴」

私はお礼に成田の過去を教えてやりたい思いにかられる。

あれはもう十数年近く前になる。青山の、ホモセクシャルのモデルが経営していた小さなバー。彼は仲よしの客が来ると、そのまま店を閉め、六本木のディスコへ行ってしまう。常連の客たちはみな誰もが若く、そして似たような仕事をしていた。成田の妻もファッションデザイナーということになっていたが、おそらく何の仕事もしていなかったろう。ただ夫に従いていきたい、彼の仲間に入っていたい、ということだけでデザイナーと自称していた、あの小柄な女。洋裁学校を卒業するかしないかで結婚した彼女は、たえずおどおどと夫の顔色をうかがっていたようなところがある。

夜の街に連れてくるくせに、成田は妻が気がきかない、野暮ったい会話をするとしょっちゅう叱ったものだ。彼女が自分を慰めてくれたホモのオーナーと恋におちたのは自然のなりゆきだった。彼はホモというよりバイ・セクシュアルに近く、かなり気に入った相手なら女とも寝ることが出来たのだ。他の男と通じた妻を、成田は責めに責めた。彼の妻は世間でそう思われているように離婚で去ったのではない。死をもって夫のもとを去ったのだ。あの頃は交通事故のように言われていたが、自殺であることは車を運転する者なら誰でも知っていることだ。

成田が業界の有名人になったにもかかわらず、この秘密が守られているのは、年月がたっていること、彼女の死があまりにも悲惨だったこと、そして当時の遊び仲間から成田が離れたことだ。そうでなくても当時のメンバーはひとりずつ消えた。ホモのオーナーはロンドンで暮らしているし、何人かは田舎へ帰った。あの頃からつき合っているのは、おそらく私ぐらいだろう。

世の中にはふた通りの男がいる。妻の不倫をいつかは許せる男と、地獄の底に落ちるまで絶対に許せない男だ。時代の先端をいく仕事をしながら、その心の中で意固地な古めかしいものを持っている成田が、常にあやういバランスをとって必死で努力していくさまを他の人々は誰も知らない。おそらく妻になる千晶も知らないに違いない。成田が「不倫」という言葉を聞いて、どう反応するか彼女が想像も出来ないのと同じだ。

紅茶を飲み終え、煙草も吸い終って私は立ち上がる。

「私、そろそろ失礼するわ。マグカップはまた後にします」

「そうですか、残念だわ。よろしかったらお昼をご一緒にと思っていたのに」

「お昼はね」

私はおどけて目を見開いてみせた。

「あなたのご主人となる方といただくのよ。仕事の打ち合わせがあって」

「あら、そうですか」

千晶ははにかんで唇をすぼめた。この年齢でこんな表情が難なく出来ることに私は感動した。

「何かお伝えしときましょうか」

「いえ、そんな……」

ふふっと私は笑いながら別れの挨拶を告げた。車のハンドルを握ると、フロントガラスからの光で、ほどよい暖かさを得ていた。

「ああ、おかしい」

私は声に出して言ってみる。これから私は成田とパスタを食べる。その時に彼の顔をじっくりと眺(なが)めてみよう。私は彼の秘密も、その妻となる女の秘密も知っている。そして私がじっと彼を見つめた時、彼がまばたきせず、目も伏せることもないか、秘かに賭けてみよう。

私自身の秘密。あれは十三年前の雨の日。

　初めて見る、深く酔った成田が運転席に座っている。彼はまだ二十代で、後頭部に透き間はない。そして十数キロほど体重も少なく「スーパーボール」のパンツもぴったりとおさまっていた。そして髪の長い私は何か口にした。多分慰めの言葉だったろう。その時、彼は凶暴な力で私を抱きすくめた。私は必死で抗う。成田とこんな風に結ばれたくないという若さが、私をもがかせ、爪を立てさせる。

　成田は私を二、三回殴り、そしてシートを倒す。私はカエルのような姿勢で足を開かされ、屈辱に涙を流した。

　たった一度のことだから、酔った上でのことだから、昔のことだからと成田はすべて忘れたふりをしている。もしかしたら本当に忘れたのかもしれない。私の秘密はいまナイフとなって、成田ともうひとりの女をえぐろうとしている。もちろん誰にも言いはしない。永遠に沈黙したまま私はこの秘密をおもちゃのようにいじって、ずっと楽しむつもりだ。そんな私の思惑を、今日、彼は気づいてくれるだろうか。

眠る妻

修一の名刺を手にとって、男はゆっくりとつぶやいた。

「花畠さん……花畠さんとおっしゃるのですね」

「いやはや、大の男が面映ゆい名前でいつも苦労していますよ」

花畠は反射的に、いつもこんな時に口にする冗談を返した。しかし男はまだ名刺を手にしたままだ。

「花畠さんというのは変わったお名前ですね」

「祖父は佐賀の方だと聞いていますが、もしかするとあちらの方の名前かもしれませんね」

と答えながら修一はかすかに不愉快になる。いつまで人の名前にこだわっているのだ。それにいま名刺交換をした力関係からいえば修一の方がはるかに上である。広告代理店の部長である修一と、新しくプロジェクトを組むことになったプロダクションとの顔合わせなのだ。男の名刺には、

「クリエイティブハウス・ハローウィン取締役アートディレクター田上幸夫(たがみゆきお)」

と書かれてあったが、社員三十名ほどの広告制作会社の取締役がどの程度のものであるか修一はよく知っている。この不況の中、いくらコンペに勝ったとはいえ、修一が発注する大手の食品会社の仕事はどれほど嬉しかったろう。

そうといってもクリエイターと呼ばれる連中は大層権高なところがある。スポンサーが相手でも、こちらがひやひやするような口のきき方をすることもあるのだ。こうして名刺をいじくりまわすのも、何かの思惑があってのことだろうか。

が、田上はやがて内ポケットからケースを取り出し、大切そうに修一の名刺をしまった。その動作はなかなか好意の持てるものであった。渡した名刺をいつまでもテーブルの上に置きっぱなしにする者が最近増えているが、修一はそのたびに腹が立つ。そうまでしなくては人の名前を憶えられないのか。レストランや喫茶店でそのようなことをしたら、ウエイターに名刺を見られるではないか、それはとりもなおさず、他人にプライバシーや秘密を知られることだ。日頃厳しく部下にも言っている修一にと

って、田上の一連の動作は意外でもあり好ましかった。彼はいったんおしいただくようにした後、丁寧に名刺入れにしまったのだ。それは男たちがよく使う黒い革製のものではなく、金めっきで出来ていた。しゃれた小物は、いかにもクリエイターと名がつく男のものだ。

修一と田上は、それからとりとめない雑談をした。実務上のことは、既に彼らの部下たちが済ませていたからである。

話は近々行くことになっている海外ロケの話になった。インドネシアのある小さな島が既にロケ地として決まっていた。

「田上さんも行きたいんじゃないですか」

〝ハローウィン〟のデザイナーである若い男が、狎れ狎れしい笑いを浮かべていった。

「ああ、もうちょっと若かったらポンプ担いでくっついて行くところなんだがな」

「田上さんは、スキューバダイビングの名手なんですよ、日本の草分けといってもいいんじゃないかな」

デザイナーの男は、その話題を披露したくて、先ほどからうずうずしているようであった。

「よしてくれよ。よっぽどの爺さんのようじゃないか」

四十六、七になるだろうか、穏やかに笑って煙草をくわえた口のあたりに、そう深くはないが長い皺がいくつか刻まれていた。

「二十年前はしてる者がいませんでしたからね。スポーツカーを乗りまわしたい年頃でしたが金がなかったから、海に潜っただけの話です」

たいして面白くもない冗談であったが、その場にいた男たちの何人かがどっと笑った。四十半ばの男たちは、みな親にねだって、あの頃若さと可能性の象徴であった車を買ってもらった経験を持っているからだ。

「今もやってるんですか」

修一が聞くと、とんでもないと田上が首を横に振った。

「若い人にはもうついていけませんよ。海に潜ったら負けない自信はありますがね、それまで車に乗ったり、飛行機に乗るのがいけません。着いた時からぐったりしてしまうのです」

そう言うものの、田上は厚みのある、かたちよい肩を持っていた。流行のやわらかいラインのジャケットは有名デザイナーのものに違いない。同じ広告業界で働く男といっても、紺色のスーツを着る修一とは対照的である。

やがて話題は当然のことのようにスキューバダイビングからゴルフへと移った。

「この頃、ゴルフといえば格下のスポーツのように見られるけれど、考えてみれば我々の年代にとっちゃ最適のスポーツですな。そこその体力とやる気で十分に楽しめるものがありますから」

誰かが言い、修一も曖昧に頷く。その時彼は再び視線を感じた。テーブルをはさんで、斜め向こう側に座っている田上が、こちらを見ているのである。凝視というには慎ましく配慮がなされているが、彼は修一から目を離さない。

「この男、以前どこかで会ったことがあるのだろうか」

思いあたる節はない。それにもし一回でも顔を合わせていたら、親し気に口に出して言ってみるのがこの業界の流儀である。

田上が自分の名刺をいじっていた時の不快感は消え、それよりも訝かしさの方がつのる。

「どうしてそんな目で俺のことを見るのか」

もちろんそんなことは聞けやしない。コーヒー茶碗がちょうど空になった頃、田上たちの一行はいとまを告げた。

「それでは今後ともよろしくお願いいたします」

立ち上がると田上は修一よりもやや背が高く、座っている時よりもがっちりした体型なのがよくわかる。それでも彼が扉から出て行く時、修一は彼の後頭部を目にすることが出来た。お返しとでもいうように、修一はそれを注意深く見つめる。薄桃色の地肌がのぞき、白髪が群生している頭部は、唐突なほど彼の老いを示していた。そして修一はそんなことを心に深く刻み込ませる自分を本当に不思議だと思うのだった。

修一が再び田上に会ったのは、二ヵ月後のCM試写会での席である。新しく起用したプロダクションがつくったものとあって、スポンサーからは担当取締役も出席していた。海辺で水着姿の少女が缶ジュースを飲み干すCMは、そう目新しいアイデアがあるとはいえないが、目玉は出てくるタレントである。今人気絶頂のアイドル歌手が大胆な水着姿になっているこのCMは、おそらくマスコミの話題になるはずだった。彼女を口説き落としたことが、田上のプロダクションの勝因だったのである。

「こりゃあ、田上さんのお手柄だろうなあ」

デザイナーから声がもれた。

「西谷美和（にしたにみわ）は、子役の売れないモデルだった時から田上さんが可愛がっていたんですよ。田上さんだからこの話、OKになったんだろうなあ」

西谷美和は、愛くるしくあどけない顔からは想像もつかないほど豊かな胸と、くっきりえぐられたウエストをしている。丸い大きな乳房が走るたびになまめかしく揺れ、

「こりゃあ、週刊誌やテレビがとびつくぞ」

という声さえあがった。十代の歌手として転機を迎えようとしている美和が、イメージチェンジを図っているのはあきらかで、それにうまく乗じた田上たちは、かなり老獪（ろうかい）な手を使ったことになる。いずれにしても、どちらも得になった話なのである。

試写が終った後、スポンサーを交じえてイタリアンレストランへ行き、極上のワインで乾杯をした。その後二次会へ流れるうち、みながいちばん気を使っていたスポンサーの取締役が帰宅したため、一座はぐっとくだけたものとなった。

こうなると行く店は決まってくる。修一のいきつけの店は、銀座の八丁目にあるといっても、ボックス席が三つにカウンター、カラオケを置いてある気楽な店だ。かつては一流店に勤めていたものの、地味な性格のためにあまりパッとしなかったと自認するママが、商売気をあまり出さずに看板を上げている。

五人の男たちが、隅のソファに陣どるやいなや、ホステスの真知子（まちこ）がわざとぞんざいに、歌詞カードを広げる。

「花畠さん、何を歌うの。どうせいつものでしょうけど、一応聞いてあげるわ」

四人いるホステスの中でいちばん若い真知子は、専門学校の学生である。デザイナーをめざしているということで服のセンスもいい。黒いあっさりしたワンピースが、綺麗なからだの線を浮き出させていた。

修一はこの真知子と半年ほど前から関係を持っている。よく一緒に飲む連中の中に、もしかすると勘づいている者がいるかもしれないが、そう気にしてはいない。相手はアルバイトだから、たまに洋服を買ってやったり、小遣いを渡してやるぐらいだ。いくらでも言いのがれは出来た。

それに真知子の方も真知子の方で、れっきとした大学生の恋人がいる。修一とのことは、体と懐をたまに楽しませてくれる大人と割りきっているようだから、こちらとしても何の責任もない。二人でいる時でも、恋人の話題をぬけぬけと口にするような若い娘だ。けれどもこうしてシートに深々と座っている最中、常連客の図々しさを装いながら女の肩に手をまわし、髪のにおいを嗅ぐのは楽しかった。まだ肉のついていない若い女の背中は薄くしなやかで、それがベッドの上でどのようになるかを反芻する気分もなかなかのものだ。

水割りをつくろうと真知子がかがんだ時、カーテンの役目を果していた彼女の髪の位置がずれ、そこに田上の顔があった。ということは彼はさっきから、修一の、女の肩にまわしていた指を見ていたことになる。不意をつかれた狼狽から、やや乱暴な声が出た。

「おい、真知子、お前何か歌えよ」

「わかった、じゃ池内さん、デュエットしてよ」

女は多少不機嫌になった証拠に、彼の若い部下を誘って立ち上がる。イントロが流れると、男にぴったりと寄り添った。軽いひやかしの声がとぶ中、田上と修一は奇妙な空間の中にとり残された。若い男女を見ていないのは二人だけなのだ。そして二人の間には、女の腰の幅だけの場所があった。

そして田上はごく自然にその境い目を越え、修一の傍にぴったり寄り添った。

「失礼ですが」

田上の声は女の歌声にかき消されてよく聞こえない。もしかすると彼はその音量を計算しているのかもしれなかった。秘密めいた話には見えず、そうかといってまわりには聞こえない音量である。

「失礼ですが、花畠さんの奥さんは涼子さんとおっしゃるんじゃありませんか」

「ええ、そうです。妻のことをご存知なんですか」

涼子は結婚前までフリーのコピーライターをしていたから、プロダクションに勤める田上と知り合いでも何の不思議もない。現に彼もこう続ける。

「ええ、昔、仕事をご一緒させてもらったことがあります。奥さんはお元気ですか」

「元気ですとも」

豚のように太ってころころしていますよ。修一はこんな場合、男たちがよくするような照れと自嘲の混じった言葉を口にしようとした。しかしそれをすぐに呑み込む。目の前の男の顔を見たからだ。

「そうですか、お元気ですか」

優しい懐かし気な微笑で、田上の顔はぽっと赤らんだ。

「そうかあ、元気でやっているのか」

それはあきらかにひとりごとというものであった。そのとたん懐かしさよりも、さらに強く濃い感情があらわになった。修一はすべてのことを悟る。

「そうだったのだ。この男は昔、涼子の恋人だったのだ」

どうしてもっと早く気づかなかったのだろうか。さまざまなことがパズルのように重なる。何よりも修一が最初男に感じた異和感はそのためだったのだ。

十五年前、二十八歳の涼子。知り合った最初の頃、彼女は別れた男のことをよく口にしたものである。それは自分の過去を知ってもらいたいという願望と共に、新しい恋人、修一に対しての媚びというものでもあった。

「はっきり言って、彼のことをふっきれたわけじゃないわ」

あの頃流行していた、刈り上げといってもいいほど短かい髪の涼子は、それだけで意志的な強い女に見えた。その涼子は修一の愛を受け入れながらも、前の男の素晴らしさを語る。

「本当にすごくいい男だったんだもの。五年間、私が夢中になって、めいっぱい好きになったんだもの、そんなに簡単に忘れられるはずはないわ」

そうした言葉を咎（とが）めるほど修一は野暮でもなかった。寛容でしゃれた男になろうと努力をしている二十九歳の男でもあった。

「ま、いいさ。俺にだって好きになった女はいる。お互いさまだよ」

「冗談じゃないわよ」

涼子は煙草の煙をぶうっと吐き出す。大変なヘビイ・スモーカーであった。彼女は当時女性雑誌で喧伝され始めた〝キャリア・ウーマン〟という型に、自分をうまくあてはめようと努力していたが、時々ほころびが目立った。煙草をやたら吸うくせに、あまり吸い方がうまくないこともそのひとつであった。元々が有名女子大学を出た、育ちのいい普通の娘なのだ。それがコピーライターという新しい仕事を知り、必死で名称にふさわしい女になろうとしている。その痛々しさと、何よりも涼子の外見が修一を魅きつけた。

スカートをはかない女は、まだ街に珍しかった頃だ。男のように短かい髪をし、いつもその頃パンタロンと言ったパンツをはいた涼子は中性的な魅力に溢(あふ)れていた。日本人にしては顔が小さく、切れ長の目に薄い唇をしている。それをあっさりした巧みなメイクで、日本人形のように見せていた。その彼女の口からもれる言葉はひとつひとつ辛辣(しんらつ)で、それも修一には好ましいものであった。

「全くあなたと一緒にしてほしくないわ。あなたの会社の仕事欲しさに近づいてくるモデルとかいった女と、一回か二回寝たぐらいで何が恋なのよ。あなたなんか本物の恋はしたことないわよ、私にはわかるわ」

「ほう、たいしたもんだ」

これは言葉のじゃれ合いというものだから、修一もそう腹がたたない。

「君はよっぽどすごい恋をしてきたわけだ」

「あたり前よ」

そして涼子は別れた男の美点をひとつひとつ挙げる。

「とにかく男っぽくてセクシーなのよ。お酒をやたら飲むけれど、酔っぱらってだらしなくなることなんか一度だってなかったわ。それに海が好きなの。しょっちゅう伊豆の方に行って潜ってるわ。ねえ、あなたスキューバダイビングを知ってる」

「話に聞いたことがある」

「それをしにね、グアムとかサイパンへも行くわ。あなたのとこみたいに大企業でもないし、お給料もよくないから、しょっちゅう行くのが大変なの。だから一生懸命内職をするのよ」

「内職」というのは、業界の人間がするアルバイトだ。こちらの方で給料より稼ぐ、といった人間も何人かいた。

「本当に素敵な男なの。あんな男にもう私、二度とめぐりあえやしないと思うわ」

こうした涼子の強がりは、最後までおとなしく話を聞いている、修一に対しての苛立ちなのだ。彼女が本音を語るのは、修一の部屋、ことが終わった後の裸の腕の中であった。

「結局、私って遊ばれてたみたいな気がする……」

天井を見つめながら深いため息をついたことがある。

「あの人、私以外にも女が何人かいたのよ。お酒には強かったけど、女にはからきしだらしなかったのよ……」

自分の感情に溺れて、涼子は涙ぐむ。

「私なんか、どうせ本気で愛してくれなかったのよ。どうせ私なんか、誰も愛してはくれないのよ」

こうした涼子の、あまりにも幼なく、芝居じみたナルシシズムに、修一は最初とまどったものだが、自分もそれに合わせればいいとすぐに気づくようになった。

「馬鹿だなあ、俺がいるじゃないか」

修一は涼子の髪を撫でる。

「俺が涼子のことをこんなに愛してるじゃないか」

「本当、修ちゃん、私のことを本当に愛してくれるの」

嬉しいわ、と涼子はひしと抱きつく。

「幸せ。私、修ちゃんと会ってよかった。私、修ちゃんは神さまが私にくれた男の人だと思う。本当に幸せだわ」

もともと文学少女のきらいがある涼子は、この時ぞとばかり、濃密な言葉をいくつも吐くのである。

全くあんな気恥ずかしい会話がよく出来たものだ。修一はふっと頬をゆるめた。それははるか昔の自分に対する侮蔑というものである。しかし目の前の田上は、それを全く別のことのように解釈したようだ。

「失礼しました。私は奥さまと一度か二度、仕事を一緒にさせていただいて、花畠さんという方とご結婚されたと風の噂に聞いたことがあったもので……」

言いわけめいた口調は、彼に全く似合わないものであった。しかし、がっしりした肩、そのくせ、長く美しい指を持つ手、浅黒い肌は間違いない。かつて涼子が挙げていた男の特徴だった。

その男は仕事関係をことさら強調しようと言葉を続ける。

「お名前を全くお見かけしませんが、もう奥さまは仕事をなさっていないのですか」

「ええ、結婚してすぐ、僕が仙台支社に転勤になり、そこで子どもが出来たものですから、仕事は立ち消えになりました。もともと、才能があったわけじゃなし。ねえ、そうでしょう」

なぜ男に同意を求めたか修一はわからない。急にこの男が親し気に頷くさまを見たいと思ったのだ。しかし彼は修一の挑発にそうやすやすとはのってこなかった。

「いいえ、あの頃奥さんは大変な活躍ぶりでしたよ。女のコピーライターなんて、何人もいない時代でしたから、フリーになってからもいろんなところから声をかけられていたはずです」

「いや、僕が思うに」

こほんと咳をした。妻のことを、妻の昔の男と喋(しゃ)べるのはやはり面映ゆい。

「あの頃の彼女は、自分の姿や、キャリア・ウーマンという言葉にただ酔っているだけだったという気がしますね。今の働いている女たちに比べても、気概というものがない、ただの甘ちゃんですよ」

「いや、そんなことはありません」

田上は、目を何度かしばたかせた。

「髪を思いっきり短かくして、いつも颯爽(さっそう)と歩いていらした。一生懸命でキラキラしていて、可愛くって、僕にとってはまぶしい存在でしたよ。本当に可愛らしかった」

最後の言葉を、田上は用心深く発音した。

「なによ、なによお」

気がつくと音楽が終わっていた。目の位置に、黒いスカートにつつまれた真知子の尻があった。

「花畠さんたら私に歌わせといてえ、ちっとも聞いてくれてないじゃないのお」

「おっ、悪い、悪い」

どすんと真知子は割り込むように二人の間に入る。それで田上の顔は大層見えづらくなった。真知子の髪を避けるために、修一はからだをずらす。

「今日、家に帰ったら、田上さんに会ったと伝えておきます」

「いえ、とんでもない」

田上があわてて手を振ったので、真知子の長い髪がひと筋、ふた筋、舞って揺れた。

「僕の名前を出したって、奥さんはご存知ないでしょう。多分、思い出してもくれないはずですよ」

真知子が流し目で睨む。女房の話題をしていたことを鋭く察したのだ。

「ねえ、じゃ、今度は花畠さん、一緒に歌いましょうよ。いつもの『わたしたちどうするの？』で、いいでしょう」

真知子の髪ごしに、田上の顔が見える。どうやら真知子との仲を勘づかれているようだと修一は思った。不思議な気分だ。まずいところを見られたと思うと同時に、精いっぱいの虚勢を張りたくて体がうずうずしている。自分が手にしている女は、妻だけではない。こうした若い女さえも、いまの自分は抱くことが出来るという事実を、妻の昔の男に見せつけるのはやはり快感であった。かつてこの男が捨てたものを、自分は後生大事にしているわけではない、ということを見せたかった。

「よし、真知子、歌おう」

「チーフ、あれ、いつものよろしくね」

真知子はバーテンダーに声をかける。

「チャカチャカチャッチャッ、チャーン」

イントロのところで向き合い、リズムをとって軽く体を動かすのが、いつもの二人のやり方だ。

その時も田上は穏やかな微笑をこちらへ送ってよこした。何かを問うている目だと修一は思う。けれども今さら問われたところでどうなるというのだ。そんなことをお前は知る権利はない。俺は嫉妬しているわけではないが、お前のその小賢しさがなんだか鼻についてきた。

修一はぐいと真知子の腰を抱き寄せる。女はくっくっと笑い出し、田上はまだこちらをじっと見ていた。

タクシーを降り目を上げると、二階に灯がともっていた。もう午前一時をまわっている。ひとり娘の美里は、来年の私立中学受験をめざして、毎晩遅くまで勉強しているのだ。

「全くこんな時間までやりやがって」

娘の熱心さを得意に思ったのも最初のうちだけで、最近はやりきれなさがつのる。

学校に提出する調査書に、

「将来の希望　弁護士になること」

と書いてあるのを目にしたことが大きい。弁護士などという職業を吹き込んだのは、たぶん母親なのだ。いつのまにか涼子は典型的な教育ママになり、美里が幼児の頃から、英語教材を取り寄せたりしていた。娘に自分の夢を託す母親の話はよく聞くが、涼子の場合、それにかなりのあてつけがましさが含まれている。

「ママはただの主婦になっちゃったけど、昔はいろいろと頑張っていたのよ」

と娘に語っているのを、何度か聞いた。

「大学を卒業した時に、コピーライターっていう仕事があるのを知って、小さな代理店に入ったのよ。女はママひとりだったからね、そりゃあ頑張ったのよ。でもね、時代がいけなかった」

ため息の様子までわざとらしかった。

「ママの時代はね、女は結婚すると仕事をやめなきゃならなかったの。でも美里は違うわ。頑張れば一生やっていける仕事を見つけて頂戴ね」

よく言うもんだと、少し離れたところでクラブの手入れをしていた修一は、舌うちしたいような気分になったものだ。仙台時代、お前がもしその気なら、仕事を続けていく道はいくらでもあったのだ。東京から来たコピーライターということで、地元のタウン紙やデパートのチラシ広告をつくっている会社から、いくつも引き合いがあった。現に修一が移った仙台支社でも、奥さんはもう仕事をしないのかと制作部門から尋ねられたものだ。

けれども涼子は、今さら田舎の小さな仕事はしたくないと傲慢なことをいい、家にいることを望んだのだ。修一の肩書きと、涼子の出た大学の知名度とで、ちやほやしてくれる女たちがいたらしい。やがて涼子はグループをつくり、東北の小旅行やテニスを楽しむようになった。

それに飽き始めた頃、美里が生まれた。すると涼子は今度は育児にのめり込んだのだ。少女じみたところが多分に残っていた涼子にとって、子守歌を歌ったり、童話を読んできかせるのはしんから楽しかったらしく、それを実家の母親が応援した。可愛い人形や子ども服を買うために、涼子はしょっちゅう上京して、母親にあれこれねだっていたはずだ。

そして今は美里の受験に夢中になっている。仕事は確かに失くしたかもしれないが、そのつど涼子の目の前には楽し気で面白そうなものがいつも横たわっていたではないか。そして自分はそれらのものを味わう邪魔はしなかったはずである。

俺は本当に寛大な男だと修一は思う。かつて憧れていた寛大な男になれたのだと確かに思う。そうでなかったら、妻の昔の男と楽しく喋べり、

「女房によろしく伝えておきましょう」

などと言えるはずはない。

鍵を開けて玄関に入る。十二時を過ぎたらチャイムを鳴らさないのが、いつのまにか夫婦のならわしになっている。

リビングは煌々とあかりがついていて、涼子はまだ起きているらしい。美里の夜食をいつもこの頃につくるのだ。

「おい、涼子」

声をかけながらドアを開け修一はそこで立ち止まった。ソファから厚いタイツにおおわれた足がはみ出している。どうやら涼子は居眠りをしているらしい。

美里を産んでからの涼子は信じられないほど体重を増やした。ひとりの人間が、まるで風船のように膨れていくさまはなにやら空怖しい気がしたほどだ。そういう修一

の腹もでっぷりと出てきているが、涼子は横ばかりでなく、縦にも肉がついたかのように、大女になった。

近しい人たちは、修一の言い方はひどすぎる、丸顔でぽっちゃりしただけだというが、他人の見方と夫の見方は違うようだ。そうでなくても妻は嵩高（かさだか）なものだから、その肥満は夫にとってしんに迫ってくるのだ。

太った人間が誰でもそうするように、涼子も口を開けて眠っている。耳までのショートヘアは少しパーマがとれかかり、その分この頃気にしている白髪が目立った。唇の左端が濡れている。唾が出る前兆かもしれない。かすかな寝息と共に、その濡れた部分も上下している。

うとましさと同時に、せつなさが修一を襲う。修一は突然、妻を揺り動かしたい衝動にかられた。肩をつかみ、大きな声でこう問うてみたい。

「お前は、いま幸せなのか」

それは田上がこちらに訴えかけていた質問と同じだ。

「奥さんは、いま幸せなのでしょうか」

お前がかつて愛した男の替わりに俺が聞きたい。本当に満足しているのか、この人生でいいと思っているのか。

もちろんそんなことはしやしない。修一は台所へ進み、水道の水を汲んだ。そして
それをいっ気に飲み干した。

吸い殻の物語

雨が降ってきた。二、三台見送ってあきらめた後、近くのホテルまで行かなければ駄目かなと歩きかけた。そのとたん、赤いランプを付けたタクシーが近づいてきた。

「高円寺まで」

「はい、わかりました」

近くもなく、そう遠距離でもない場所に気をよくしたのか運転手はひどく愛想がいい。初老といえる年齢なのは、背もたれからはみ出している後頭部の灰色加減でわかる。

「急に降ってきましたねえ。春先っていうのは、この時間になって急にパラパラくる」

吉田のようにタクシーに乗ることが多い職業だと、運転手の機嫌がかなりわかる。ハンドルを握るというのも歩くのと同じで、はずむようにスキップする時もあるし、不貞腐れてわざとぎくしゃく前進することもある。その運転手は、くっくっとしのび笑いをするようにアクセルを踏んだ。

「お客さん……」

もう我慢出来ないぞ、というように彼は小さく叫んだ。

「たった今、そこで降ろしたの、誰だと思いますか。匂坂響子ですよ」

「匂坂響子って、あの女優の」

「ええ、間違いありませんよ。帽子を深く被ってたんですがね、何ていうか芸能人はすぐわかりますよ。アカぬけてるっていうか、やっぱり独特の雰囲気がありますからね」

運転手は得意そうに続ける。

「それに途中で男を降ろしたんですがね、その男がどうやらマネージャーらしくって、フジテレビがどうのこうの、プロデューサーの何々さんがこう言ってたって話し出したからミラーで見たんですよ。どこかで聞いた声だなあと思ったら、匂坂響子でした」

響子は二十代後半の人気女優である。トレンディドラマ全盛の頃は、年齢のこともあって少し出遅れた感があったが、この頃は主演した映画があたり、息を吹き返した。モデルをしていたということもあり、抜群のプロポーションと、華やかな目鼻立ちをしている。正統派の美人女優として、人気もさることながら、クロウト筋の評価が高く大きな役につくことが多い。

などと、吉田が普通のサラリーマンよりもはるかに豊富な知識を持っているのは、彼の勤める会社が化粧品メーカーだからである。仕事がら女性誌を読むことも多く、中学生の娘から、

「パパって知りすぎてて気持ち悪イー」

などと言われることもあるほどだ。

「匂坂響子だったら、綺麗だったろう」

「ええ、そりゃあ、もう」

運転手は、しゃっくりをするように信号で止まった。

「Tシャツみたいなのを着てましたが、肌がやたら白くて首が長いんですよ。やっぱり普通の女とは違いますね」

彼は響子がそこにいるかのようにミラーを覗(のぞ)き込む。思いの他老いていて、皺(しわ)が目

のまわりを囲っている目だ。

「そうそう、匂坂響子って煙草を吸うんですよ」

重大なことを打ち明けるように言う。

「ふうーん」

吉田は別に驚きはしない。会社の女たちを見ていてもわかるが、最近はそう珍しいことでもないだろう。男が禁煙を心がけているのに比べ、女たちはむしろ煙草に対して積極的だ。ましてや芸能人というのはストレスの多い職業に違いない。いくら美人女優といえども、煙草ぐらい吸うだろう。

「その灰皿の中に、匂坂響子の吸った煙草が残ってるはずですよ。私が夕方の出で、それから煙草を吸ったのは、あの女だけだから」

そう深く考えることなく、吉田はシートに付いている灰皿を開ける。半分ほどの長さの吸い殻が二本、〝く〟の字に思いきり曲げられていた。吸い口にピンク色の口紅が淡く残っているのが、いかにも女優の遺留品という感じだった。吉田は不意に、以前テレビで見た響子のベッドシーンを思い出し、奇妙な感慨にとらわれる。一度も会ったことのない女だが、吉田は彼女のあえぐ表情や、裸の肩の線を知っている。そしていま目の前に、女の唾で少し濡れているに違いない吸い殻があるのだ。

「お客さん、よかったらもってきなよ」

運転手の帽子の縁が、楽し気に揺れている。

「記念にさ、構わないからさ」

これには吉田は苦笑せざるを得なかった。

「いいよ、いいよ、女優っていうのはさ、遠くで見ているだけでいいよ。吸い殻なんて持ってくると夢が失くなってしまうからな」

そう言ったとたん、ひとつの情景がはっきり浮かびあがってきた。いや、吸い殻を見た時からそれは霞のように、吉田のまわりに立ちこめてきたのであるが、いま彼は意志を持ってその記憶をかたちづくろうとする。それはあまり楽しい作業ではなかったが、もう拒否してはいけないと思った。

国安から会って欲しい女がいると言われた時、吉田はまたかよと笑ったのを憶えている。十三年前、二人はちょうど三十歳であった。吉田は二年前に職場結婚していたが、国安は気楽な独身をもう少し続けると宣言していた頃だ。

「男も女と同じで、三十を過ぎるとストンと居直っちまうんだな。何も焦らなくてもいい、じっくりと腰を落ち着けよう、っていう感じでな」

そう言っている割には、新しい恋人が出来るたびに、結婚を真剣に考えていると吉田に紹介する。ついこのあいだも、卒業間近の女子大生に引き合わされたばかりだ。

「お前、このあいだの可愛いコは、いったいどうしたんだ」

「とっくに終った」

電話口の国安は、何か怒っているようでしかも早口であった。

「もうあんなことはどうだっていいんだ、とにかくお前に相談したいんだ」

公衆電話からかけているらしく、切迫した様子に吉田はおやと思う。いつもとは確かに違うのだ。もしかすると人妻とでもつき合っているのかもしれないというのが最初の感想であった。

国安というのは不思議な男で、極端な丸顔に、釘ですっとひっかいたような目がつき、いかつい鼻があった。美男子からはほど遠い容姿なのだが、昔から妙に女にもてた。

吉田と出会ったのは、大学の新入生オリエンテーションの席で、その時も新入生の女を横に座らせていたはずだ。

「メモを取るのがめんどうくさいから、彼女に後でコピーさせてよ、って頼んで隣りに座ったんだ」

と後で説明してくれた。田舎の悪戯小僧がそのまま大きくなったような顔で、人懐っこく頼まれると女は嫌といえないらしい。当時国安と一緒に学生食堂に行くたび、吉田は感嘆したものである。知り合いの女子学生を見つけると、国安は何くれとなく話しかけ、ついでに彼女たちの弁当の菜をつまんだり、学食のカレーをひと匙すくったりする。女子学生たちも「イヤね」と笑い合うが、決して断わったりしない。

そして国安の凄いところは、単にキャンパスの人気者、道化師で終わらなかったところだ。三ヵ月もしないうちに、国安は学年でいちばんの美女といわれる女を恋人とし、その女と別れた後は、次の年の新入生の中から、これまた美少女を選んだ。

「おい、みんな言ってるぞ。お前って相当あそこがデカいのか」

「馬鹿いえよ」

国安は呵々と笑う。笑うと前歯の隙間がますます目立つが、彼は大きく口を開ける。

「お前らはな、生じっか外見がいいもんだから、へんにプライドを持ったり、気取ったりするだろう。俺なんか捨てるものがないからよ、本気でやるんだ。それにお前らは知らないんだ。あのな、美人っていわれる女ほど可哀想なんだ。男が敬遠して寄ってこない。そこへワーッと奇襲をかけてだな、女の自尊心をめちゃくちゃに壊すんだ。お前なんか駄目な女だ、いったい今までどうやって生きてきたんだ、みたいなことを言えばイチコロさ」

しかし、国安の秘訣はそれだけではなかったようである。何年かして婚約者の律子を彼に紹介した時、彼女は吉田に繰り返し言ったものである。

「国安さんって素敵ね。あなたはすごい醜男だっていったけど私はそうは思わない。男っぽくてセクシーな魅力があるわ」

そういうものかと吉田は首をひねった。考えてみると学生時代からの年月は、国安に驚かされたり、腹が立ったり、誤解が氷解したりの連続だったような気がする。国安は女に対する熱意で男にも接してくるから、しょっちゅう喧嘩も起こる。自分が悪いとなると国安は素直に謝り、握手をするのを好む。あまつさえ肩を叩いたりすることさえあった。

「僕がいけなかった。僕らの厚い友情にかけて許してくれたまえ」

芝居じみた動作だが、彼がすると情が籠もっている。結局国安は愛すべき熱血漢なのだ。

そんなことを思えるのも、吉田に余裕が出て来た証拠で、妻となった律子は人が振り向くほど美しい女だったし、恋多き男である国安は未だに独身である。

「あいつって確かに面白い男だが、結婚するってことになると、女は迷うんだろうなあ」

そんなことを新妻の律子に言う時、吉田はかすかに溜飲の下がったような思いになったものだ。

とにかく女に会って欲しいという国安の頼みも、吉田は快く引き受けた。大手の薬品会社に入った国安は宣伝部というセクションに入り、吉田と同い齢だというのにかなり自由に接待伝票を使える。たまに吉田が伝票をつかもうとすると、

「よせ、今、うちの会社はサラリーマンのドリンク剤でボロ儲けをしてるんだから」

と怒鳴られた。もちろん一流店ではないが、吉田が銀座で飲めるのも国安のお蔭なのである。

その夜、国安が指定してきたのは、やはり銀座のフランス料理店だった。個室をとってあるからそのつもりでと念を押された。約束の十分前に着いたのだが、国安はもう先に来ていてウイスキーの水割りを飲んでいた。フランス料理店で、いきなりウイスキーというのも乱暴な話だが、国安は昔からこうした傍若無人さも持ち合わせている。

「どうした。今日はやけに仰々しいじゃないか」

吉田がからかうと、国安は淋し気な笑いのまま首を横に振る。せつない恋をしている二枚目のつもりなのだが、吉田から見ると噴飯ものだ。しかし女たちには別の感想があるらしいから、世の中というのはわからないものだ。

「俺はな、実は厄介な女とつき合っているんだ」

「人の女房か」

「いや違う。お前、言うなよ、人に言うなよな」

この声のトーンをもう何回も聞いたと思った。吉田はもう気づいている。国安、得意の絶頂の瞬間なのだ。

「お前、風間景子（かざまけいこ）、知ってるだろ」

「ああ、もちろんさ」

主演した映画を何度か見たことがある。単に美しいだけではない。有名大学を卒業して、英、仏二カ国語が喋べれる。筆がたって何冊かの旅行記をものしているが、そのうち一冊はベストセラーになっていたはずだ。テレビのドラマには出ず、映画に絞っているが、それが彼女の女優としての地位を高めることになった。確か三十をひとつかふたつ越えているのも、彼女の美貌（びぼう）を知的な落ち着いたものにしている。

「実はな、俺は彼女とつき合っているんだ。もうじき彼女、ここに来る」

「嘘言えよ」

吉田は自分の喉からヒューッという音が漏れるのを聞いた。

「お前と風間景子がつき合ってるって。冗談じゃないよ。第一、女優とお前がどうやって知り合うんだ」

「お前、彼女がうちのCMに出てたの知らないのか」

ああ、そうだと吉田は思い出す。確か風邪薬のCMだったが、有名な映画監督を使い、木枯しの中に風間景子を立たせたそれは、かなりの評判となったものだ。

「俺が直接の担当だったんだよ。部長やその上の奴らがしゃしゃり出てきたけど、彼女が気に入らなくて、なんか俺がめんどうみるようになったんだ」

「嘘だろー、信じられないなあい」

吉田は自分が女のような声を上げたことを大いに恥じた。これでは国安の思う壺ではないか。学生時代から何度こんな声を国安によってたてたことだろう。けれども今回はスケールが違う。

「お前、その、本当にあの風間景子と、その、つまりやったのか」

「つき合ってるって言っただろ」

国安は吉田の目を見ないようにして軽く顎を上げる。希代の色男でなければしてはいけないポーズを、ぬけぬけとする男だ。

「お前なあ、そんな……」

しばらく声が出ない。吉田は事実の重さにわけもなく感動していた。

そしてドアが開き、黒いワンピースを着た女が入ってきた。それは吉田が、女優というものをまのあたりにした最初だった。まず肌が違うと思った。薄い化粧をしているのだが、内側から照り輝いている。生えぎわのあたりも、まるで一本一本植えたような綺麗なかたちをしていた。妻の律子も美人だと人にいわれるが、女優という種族の、この完璧さは何ということだろうか。汚ないところ、欠けているところが何ひとつないのだ。景子はグラスを取り上げたのだが、その指のすんなりと長いことに吉田は息を呑む。おそらく足の踵（かかと）のいちばん固い表皮さえ美しいに違いなかった。

「何を緊張してんだよ」

国安が言い、景子が笑った。映画や雑誌で見ると気づかなかったが、歯ぐきの色が暗紅色をしている。おそらく前歯の数本を差し歯にしているのだろうと、歯のマニキュアの開発を手掛けたことのある吉田はすぐに察し、それで気分はかなり楽になった。

オードブルが運ばれてきた。吉田は有名人を前にしたウエイターの態度が、自分たちに接するのとかなり違うということも初めて知った。緊張しながらもすべてが丁寧で、尊敬と憧憬に満ちている。そして国安はいつもこの晴れがましさを味わっているのだと思うと、いちばん認めたくない感情、羨望がじわじわと吉田の体を包んだ。

「いったいこいつの、どこが気に入ったっていうんですか」

ウエイターが去った後で、吉田は長年の親友に対する磊落さを装いながら問うてみる。

「どこが気に入ったたって言われてもねえ……」

景子は吉田と顔を見合わせて笑った。前は差し歯だらけだが、その華やかな笑いはスクリーンで見るのと同じだった。

「知り合った頃、私、仕事のことでいろいろ悩んでたんです。国安さんは私の話をそりゃあ熱心に聞いてくださってアドバイスをしてくれましたの。君は自分がどれほどのもんだって思ってるんだ、そんな悩みは、本物の大女優になってからしろって叱られました。今まで私にそんなことを言ってくれた人はいなかったんで、私びっくりしてしまって……」

そりゃあ、こいつのいつもの手なんだよと、吉田は怒鳴りたくなった。学生時代からそうなのだ。まず女の高慢な鼻をへし折り、そしてうろたえている女の心に、じわじわと入っていく。そういうことにかけちゃ、この男は天才的なんだ。

もちろんそんなことは言えやしない。嫉妬していると思われてしまう。いや、本当にいま俺は嫉妬しているのだ。この腹立たしさ、苛立ちが嫉妬でなくて何だろう。けれどもそれをあからさまにすることは死んでもしたくない。友人が素晴らしい美女を見せびらかし、それに嫉妬しているなどという構図は、世の中でいちばんみっともないものではないか。

「君だけに打ち明けるんだ、どうかわかってくれたまえ」

国安は急に文語体で喋べり出す。彼が自分に酔っている時の癖だ。せせら笑おうとするのだがうまくいかない。目の前の国安は、シャンデリアと白いテーブルクロスのせいもあるだろうが、ひどく魅力的に見えるからだ。ものにした女といる時、彼は普段の百倍ほど男振りがあがるというのを、吉田は認めざるを得ない。細い目は思慮深く見えるし、横に張った獅子鼻も確かに男性的な意志の強さを現しているようにも見える。

うまくいえないが、国安は長い間の研究の結果、ここぞという時に二枚目の雰囲気を放出することが出来るのではないかと吉田は思う。しかしそれでOLや女子大生がだまされるのはわかるが、女優という選ばれた女がコロッとまいってしまうというのは、いったいどうしたことであろうか。

「国安さんって本当に強引なんです」

吉田の心を見透かしたように、景子が顔を上げた。

「暴君っていってもいいぐらいだわ。私、どんなに仕事が遅くなっても、必ず毎晩彼のところに電話をするよう義務づけられているんです。外国に行く時もそう。一回でも忘れると、お前は約束も守れない女なのかって怒られます」

景子はとろけそうなほど幸福な視線で国安の方を見た。

「だってあたり前だろう。僕だって忙しい時間を割いて、君のために誠意を尽くしているんだ。僕は君にひたすらお仕えするような男たちとは違う。僕の流儀にちゃんと従ってもらうつもりだ」

「ほらね、すごく乱暴でしょう」

景子は甘えて国安を流し目で見た。

この女にすべてのことを話してやれたら、どんなに気が晴れるだろうと、吉田はワインを飲み干す。あの時のＯＬ、あの時の女子大生、皆、嬉しそうに吉田に訴えたものである。

「国安さんってすごく威張るんです。私、もう怒られてばっかりの毎日なんですよ」

なんだ、あの時のマニュアルのままではないか。そして懲りもせずそれを続ける国安と、それにひっかかる馬鹿な女がいる。そうだ、女が馬鹿なだけなのだ。世の中では才女などと言われているが、景子というのも世間知らずの頭の悪い女なのだ。そうだ、そうに違いない。

けれども別れを告げるために二人が立ち上がった時、吉田の胸は再び激しく苦いもので塞がれる。

「俺たちは君をとても頼りにしているんだ」

〝俺たち〟と国安は低い声で発音した。

「マスコミがこのことに気づいたら大変なことになる。もちろん俺たちは細心の注意をはらってつき合っているが、君にいろいろ頼むこともあるかもしれない。その時は協力してくれるだろう」

「ああ、もちろんだ」

上の空で吉田は答える。

「吉田さん、ご迷惑をおかけしますが、よろしくお願いします」

殊勝に景子は頭を下げ、吉田はうろたえる。こんな世話女房のような行為をさせる国安を許しがたいとも思う。そして二人は当然のことのように、連れ立って去っていった。その身についた国安の動作も気に入らない。

「全く何て夜なんだ」

家に帰って上着を脱いだとたん、緊張がほどけて酔いがいっぺんに来た。どうやら気づかないうちにワインをがぶ呑みしていたらしい。

「どうしたのよ」

ハンガーを持った妻がけげんそうに見る。

「国安だよ。あいつのせいだよ。あいつ、また新しい女を俺に紹介しやがった。おい、その女っていうのがよ……」

吉田は妻の顔を見つめた。一緒に暮らすようになってから、律子の行動や好みがよくわかるようになった。もしここで景子のことを打ち明けたら、飛び上がって驚くだろう。ウソーッ、ウソーッを連発するはずだ。そしてすぐさま受話器を取り、友人の誰かれに電話するに違いない。

「ねえ、聞いて。風間景子の相手っていうのはねえ、主人の友人で、私もよく知っている人なの。そうよオ、普通のサラリーマンよオ、私、びっくりしちゃったわ」

センセーションを巻き起こす、話題の中心になるというのは、実は国安のいちばん望んでいることではないか。その手にのるものかと吉田は決心する。それに妻に喋べる時、おそらく自分は口惜しい表情になるだろう。それは大きな敗北ということになる。

「国安の相手は、……なかなかの美人だった」

「ふうーん、なるほど、私、わかるわ」

律子はふんふんと頷いた。そのわけ知りの様子を小賢しく、憎いと思う。

「女って案外、ああいうタイプ好きだもの。今時珍しい男っぽい感じだものね。それに何か可愛いとこもあるじゃない」

「何が可愛いだ。全く冗談じゃない……」

クローゼットを閉めかける妻の肩を乱暴につかんだ。そのまま足元のベッドの方に導く。

「いやよ、酔っぱらっちゃって」

眉をひそめる律子は妊娠五ヵ月であった。

「大丈夫だよ、こっちへ来いよ」

「そおっとよ、うんと気をつけてね」

それでもまんざらでもないらしく、律子は腹部を庇うようにしてベッドに横たわる。蛍光灯をつけたままで、吉田は妻の顔を見た。妊娠したとたんホルモンのバランスが変わったのか、目のあたりにソバカスが拡がっている。このところ化粧をしていないので、くすんだ生気のない肌だ。妻が身籠った女独得の薄汚なさを身につけていることを前から気づいていたが、仕方ないこととあきらめていた。けれどもこうしてみると、美人といわれた妻が、いかに平凡なのっぺりした顔をしているかよくわかる。

それに引き替え、景子のあの美しさといったらどうだ。美しい肌、美しい指、美しい首すじ、美しい爪。神が特に念入りに、心を込めてつくった人間という気さえする。隅々まで注意深く、綺麗に造形したのだ。

世の中にはああいう女を抱ける男がいる。そしてそういう男は、選ばれたひと握りの男たちだと思っていた。金や権力、そして女たちに近づける場所にいること。ところがどうだろう、風間景子を抱き、彼女の体を自由にしている男は、自分と何の変わりもない。いや、背の高さも容姿も、自分の方がはるかに秀れていると吉田は信じている。それなのにどうして国安にだけ、そんな幸運が訪れたのか。彼が持っていて、自分にないものは何なのだ。

いま腕の下で、からだをくねらせている女。自分に与えられた女が急につまらないものに見えてきた。普通の男が得られる女は、せいぜいこんなものなのだ。それなのに国安、お前は何だ、分を知る、という言葉を知らないのか。

「あなた、何、考えてるの」

律子が抗議の声をもらした。

「そこまではしないでって言ったでしょう。もし何かあったらどうするのよッ」

ああ、わかったよと吉田は妻の体から離れた。パジャマに着替えていると自分が取り返しのつかないほど、つまらぬ人生をおくっているような気がした。

それから二ヵ月ほどたった夏の夜、夕刊を拡げた吉田の目に「風間景子熱愛発覚！」という文字が飛び込んできた。女性週刊誌の広告で大きく「スクープ」とある。その文字の下に「お相手は有名映画プロデューサー」とある。

「ふふっ」

自然と笑いがこみあげてくる。やはり真実はこんなものだ、いくら色男を気取っても、景子の本命はちゃんといたのではないか。あの日以来、遠ざかっていた国安の電話番号をまわす。からかいか皮肉の言葉を口にせずにはいられない気分だ。

「元気か」

「おう、元気だ」

予想どおり電話口に出た国安の声は沈んでいる。

「今日の夕刊の広告見たぞ。景子さん、やられてるじゃないか」

「あれはみんな俺のせいなんだ。彼女が俺を庇ってくれているんだ」

国安は話し始めた。二人で彼女のマンションから出てくるところを張り込んでいたカメラマンに撮られた。幸い国安の姿は柱の陰でぼやけてよく見えない。景子はサラリーマンである国安を気づかい、他の男の名前を出された時、それを肯定する返事をしたという。

「馬鹿馬鹿しい」

吉田は叫んだ。

「本当にそんなことを信じているのか」

「だって彼女、泣くんだぜ。私のことを信じてくれないのかって。彼女はちょっとヒステリー気味のところがあるんだ。嫌なことがあると真夜中でも俺のところへ来て、わーわー泣くんだが、今度はひどかった」

いくつかの謎が解けるような気がした。国安は自分が優位に立っていることを主張していたが、景子にとって彼は負の感情を受け止めてくれる絶好の相手だったわけだ。おそらく奇妙なかたちのつき合いだったろう。

「明日かあさって、うちに来てくれないか」

国安は自由が丘の二LDKのマンションを借りていた。独身の強みでなかなか小綺麗なマンションだ。

「お前といろいろマスコミ対策なんかを相談したいんだ」

吉田は吹き出しそうになる。国安はこのままずっと勘違いを続けるつもりなのか。目を覚まさせてやる、と吉田は決心する。気づかないのか、お前こそ間男なのだ。秘密が保て、しかも女を飽きさせない国安はさぞかし都合のよい相手だったろう。

「お前は馬鹿だ」

ついにたまりかねて吉田は怒鳴った。

「どうしようもなく馬鹿だ。自分の顔を見ろ、自分の姿を見ろ、すべてを見ろよ。そうしたら自分がどれほどアホで、女にだまされていたかわかるよ。もうやめろよ、気づけよ、お前はああいう女に価しないんだ。分を知れよ。自分にふさわしい女と寝るんだ。わかったか」

そしてそれきり国安とは会っていない。景子とその妻子あるプロデューサーの写真は、それからもう一度写真雑誌に載った。十年ごしのつき合いで、まわりでは公認の仲だと記事にはある。それから一年もしないうちに景子は、全く別の男、共演した若手の俳優と結婚した。

「最初に会った瞬間にピピッてきました。こんな経験は初めて。今まで待っていた甲斐がありました」

と嬉し気に喋べる景子の姿を吉田はテレビで見た。それからしばらくして、国安が結婚したという噂を聞いた。相手は高校の時の同級生だという。

「結婚式の時、奴さん泣いてたぜ。嬉し泣きっていう説もあったが、あれは年貢をおさめなきゃならない悲しさと俺は見たね」

出席した友人がそんなことを教えてくれた。未だにあの出来事の真相はわからない。もしかすると景子は本気で国安を愛していたのかもしれないと思う時もある。十年たつと女は変わる。最近景子はテレビドラマに母親役で出るようになった。老けた分だけ優しい普通の女の表情になっている。

そして中年となった吉田は、あの時の自分の行為を耐えがたいほど恥ずかしいものと、記憶の底に閉じ込めてある。

「運転手さん」

吉田は言った。

「男っていうのは、時々どうしようもないことを考えるね。金儲けたいとか、うんといい女と寝たいとか」

「全くねえ。だけどそれはお客さんがまだ若いからだよ。私らみたいな年になると、自然に限界ってものがわかるからね」

「限界ねえ……」

しかしそれを意識しない者だけが、ある時とてつもない夢を見るのではないだろうか。自分のように吸い殻を見つめるだけの男と、その吸い殻の主を抱ける男との差は、いったい何なのかと、吉田は三十歳の若者に戻ってせつない思いを嚙みしめる。

さくら、さくら

人生には、ふとしたはずみというものがある。ものごとをそれほど深刻に考えず、何かの拍子にことを起こしてしまうことである。が、そうして起こしてしまった出来ごとは、たいてい後をひかない。だからふとしたはずみ、という軽みを持つ言葉になるのだ。

しかし時として、さまざまな偶然が重なり、そのふとしたはずみが思わぬ方向へ行くことがある。安永雅夫(やすながまさお)はまさにそれを体験することになった。

昨年のちょうど今頃の季節である。安永の会社は麴町(こうじまち)にあり、窓から千鳥(ちどり)が淵(ふち)の土手が見える。この季節になると、会社中が自然浮き立ってくるのは仕方ない。なにしろ三階、四階の窓はピンクの色彩が入ってくるのだ。会社まで来るのに、道路ではなくわざわざ土手を通ってくる者も多い。そんな連中の肩には、必ずといっていいほど桜の花びらが残っていて、それを見つけた女子社員が大声で言いたてる。あちこちで花見の相談がまとまる。仲間に入れてくださいと、取り引き先からビールや日本酒の箱が届き、それが部屋の隅に積み重ねられている。

安永が山岸美砂に出会ったのは、まさにそんな季節のまっただ中であった。不景気が伝えられる中、学生のOB訪問の時期が大層早くなり、同僚の中には昼から喫茶店通いでこれでは仕事にならないとこぼす者が続出するほどだ。けれども安永はそういう経験が全くない。

彼の勤めている会社は準大手ということになる商社である。神戸の繊維会社から端を発したものであるが、創立は明治でまずは名門といっていい。おっとりした気風と昔風の社名がいかにも伝統を感じさせるらしく、毎年学生の人気企業ランキングの中に入っている。安永たちも不思議に思うほどイメージがいいらしい。よって会社側も大層強気で、うるさく言われる前までは指定校制度をとっていたほどである。今でも会社訪問の際に渡される封筒は、一流大学とそうでない大学とにはっきり区別されていると、まことしやかに言われているほどだ。

安永はこうした噂を聞くと曖昧に笑うようになった。それは彼の鷹揚さをあらわすポーズなのだが、これを身につけるまで苦労した。なぜなら彼は全く無名の大学を出ているからだ。千葉県にあり創立が昭和三十九年といったら、どういう大学かおおかたの想像はつくだろう。たいていの人は、

「えっ、そこ、どこにあるんですか」

と聞き返す。水商売の若い女の子などには、

「まるでテレビドラマに出てきそうな名前ね」

とさえ言われたことがある。いかにもありそうで無さそうな安易な名前ということなのだろう。若い頃は不愉快な思いもしたものであるが、会社というところは、何年かたてば出た大学がどうだのと問うたりはしない。少なくともみな気にとめないふりをする。

それに安永はいくつかの運に恵まれ、三十八歳で課長とまあまあの道を歩んでいる。そう早い出世、というわけでもないが、卑屈になる必要を全く認められないポジションだ。彼は妻とふたりの子どもを持ち、山梨に近い中央線沿線の一戸建てに住んでいる。買ったばかりの、その造成した街によく見られる、白い壁の建売り住宅であったが、安永も妻も非常に満足していた。バブルの頃なら目を剝くような値段だったものが、わずか二年の違いで、半分近い値段になったのである。

「私たち、ついてたわね」

窓を磨いたり、ヤカンで湯を沸かしたりするたびに妻はそう言い続け、安永もいつしかそんな思いになっていた。

「本当だ。本当に俺はついているのかもしれない」

だから美砂とのことも、そのついていることのひとつの現象のように思っていたのは本当だった。

いつもながら上野の山でうかれる人々の様子がニュースで流れた後、安永は国山からの電話を受けた。大学時代同級生だった彼は、今では母校の助教授をしている。なんでもゼミの女子大生が安永の会社を受けたいというのだ。

「そりゃあ構わないが、うちの会社は俺を採って以来、ずっとおたくの学校からは入れていないからね」

〝うち〟と〝おたく〟を微妙に使いわけている自分に安永は気づいた。こんな嫌味たらしいことが出来るのも、相手が国山だからだ。助教授と商社の課長、二人は一応同級生の中で出世頭なのである。

「そりゃあわかるけど、ちょっと会ってくれよ。本人もお前の会社に入れるとは思っていないけど、いっぺん一流の商社をのぞいてみたいっていうからな。まあ、いじらしいじゃないか」

そう言われると安永も悪い気はしない。おまけに国山はこうつけ加えたのである。

「それに彼女、なかなかの美人だぜ」

「ほう……」

「他にスチュワーデスの試験を受けるとか言っていたが、あっちはもしかすると受かるかもしれん。ちょっとそういうタイプなんだ」

安永はわかった、会ってみようと答えて受話器を置いた。その時、春の陽ざしに白く輝やく桜が目に入り、すぐ訪ねてきてくれればその女の子はたぶん満開の桜を見ることが出来るかもしれぬと、ふと安永は思ったものである。

美砂は確かに美人だった。よく手入れされた長い髪に透きとおるような肌をしていた。そう大きくはないが黒目がちの瞳と、とおった鼻筋がいいバランスを見せている。しかしいかにも安永の母校の学生らしい垢ぬけなさだ。

リクルートにやってくる学生の服装は、紺かベージュのスーツと決まっているが、彼女はベージュというよりも茶といいたいような色だ。アパレル部に所属し、それなりの知識を持っている安永は、そのスーツにあまり金とセンスが費されていないことをひと目で見てとった。ストッキングも透明の野暮ったいものだ。けれどもその靴下に包まれた足はほっそりと長く、すべすべとやわらかそうだった。

泥くさい娘には違いないが、都会のしゃれた学生ばかり見続けた安永には、新鮮にうつらないこともない。やがて美しいくせに野暮ったい若い娘に対して男が持つ感情、奇妙な苛立ちを安永はおぼえるようになった。腹が立つような、落ち着かないような気分は、やはり〝興味を抱いた〟ということになるのだろう。

おまけにおとなし気な外見に似ず、この娘は鋭い言葉を舌にのせる。

「あの、国山先生からお聞きしたんですけど、安永さんってわりと出世してるんだそうですね」

「出世といえるほどじゃないかもしれないけど……」

安永は苦笑せざるを得ない。

「まあそこそこ仕事をやらせてもらってますよ」

「でもすごいですよね。うちみたいな三流の大学を出て、ちゃんと課長さんになるなんて」

全く綺麗な目と足をもっていなかったら、おととい来いと怒鳴りたいところだ。

「あの、立ち入った質問ですけど、うちみたいなところの卒業生で、どうしてここに入れたんですか。何か強力なコネでもあったんでしょうか」

国山は何も話していなかったのだと、安永は安堵したような物足りないような気分になる。大学三年の夏休み、アルバイト先のリゾート・ホテルで彼はひとりの女子大生と出合った。熱烈な恋愛の最中、就職に悩む安永に彼女は言った。

「それならば、おじちゃまに頼んであげるわ」

その時まで彼女が、現在安永が勤める会社の創業者一族だとは知らなかった、と彼が言うと、たいていの者は嘘だと否定するが、そのあたりは安永自身も曖昧になっている。ともかく安永はその女子大生と結婚をした。結婚式や葬式などで、何度か彼は自分の会社の会長と顔を合わせたことがある。トップと社員としてではなくてだ。

安永の言う偶然とはこういうことなのである。

「ねえ、安永さん、どういうコネを使ったんですか。やっぱり代議士さんのコネがいちばん凄いのかしら」

美砂は相手の沈黙に思いをはせることなく、執拗に言葉を重ねる。小首をかしげた時、リンスのにおいだろうか、かすかに甘い香りが髪からこぼれ落ち、安永はふと悪戯っぽい気持ちになった。

「そうだなあ、コネはいろいろあるけど……」

女は安永の目をのぞき込む。

「どう、今夜空いてる。先輩としてご馳走してあげながら、いろいろレクチャーしてあげよう」

「まあ、ありがとうございます」

美砂はにっこりと微笑んだ。その笑いは無邪気といっていいほど愛らしいものだったので安永は多少救われた気持ちになる。

「赤坂は詳しいのかな。七時半まで待っていてくれたら、僕は大丈夫だけど」

「申しわけございません。そんなにお言葉に甘えちゃっていいんでしょうか。でも、とっても嬉しいです」

急にきちんとした敬語を使い始め、この女、そう育ちも悪くなければ、馬鹿でもないと安永は思い始める。

そして意外なことに、安永自身、小さな冒険をなし終えたようなうきうきした気分になっていくのである。予定をひとつキャンセルし、帰り仕度を始めた彼に、めざとい女子社員が声をかけた。

「まあ、課長ったらご機嫌ですね。どこかの課のお花見にでも誘われたんですか」

「デイトだよ、デイト」

彼が珍しく軽口を叩いたので、まわりにいた男たちもどっと笑った。こうして安永は免罪符をひとつつくったような思いになる。何も悪いことをしているわけではない。後輩の可愛い女の子に、ちょっと親切にしようとしているだけなのだ。それに自分のこのはずむ気持ちは、初めてOB訪問を受けたことにもよる。いつもこの季節になると、人事や知り合いから頼まれて、同僚たちはせわしげな表情になるが、自分だけは縁がなかった。今夜の食事というのは、初めての経験に対する、ちょっとしたお祝いなのだ。

約束の時間にホテルのラウンジに行くと、美砂はソファに深々と座り、文庫本を読んでいた。学生らしい清楚な感じが漂っていて、安永はあらためて好感を持った。

「何読んでいるの」

後ろから覗き込むようにすると、いやだー、と身をのけぞらせた。またリンスの香りがする。

「何を食べようか。この近くに時々僕が行くしゃぶしゃぶ屋があるけれど、結構うまいよ」

しかし美砂はこのままホテルの中で食事をしたいと言う。

「だってこんな豪華なホテル、めったに来たことないんですもの。私、もっと中に居たいわ」

よく待ち合わせに使うホテルだが、そんなものだろうかと安永はあたりを見渡す。重たげなシャンデリアが、威圧的といえないこともなかったかもしれない。階上のフランス料理のレストランでもと思ったが、美砂もそれを望んだのでコーヒーハウスの隣りにあるカジュアルな店にした。ランチタイムでもないのに、ハンバーグステーキを食べるなどというのは久々のことだ。が、心のどこかで領収書の始末を考えずに済むことにほっとしていた。この値段なら気を使いつつ経費で落とすこともない。さらに好ましいことに、美砂はおとなしい、というよりも聞き役にまわるタイプの女であった。その彼女が急に饒舌(じょうぜつ)になったのは、食事の後、最上階のバーに場所を替えた時からである。どうやらかなり酒を飲みなれているらしく、最初からしゃれたショートドリンクを注文したりする。さっきハンバーグステーキをうまそうに頬張っていた女とは別人のようだ。

「よくお酒飲むの」

「まあまあですかね」

「あの学校の近くだったら、あんまり飲むとこないだろう」

「そうでもないですよォ、この頃はいろんな店も増えましたし、本格的に遊びたい時は都心まで出てきます」

安永は肩すかしをくったような思いになる。

「国山なんかとも飲むんだ」

「時々は一緒です。あの先生、飲むっていうよりカラオケかしら。マイク握ったら離さないっていうクチですね」

その時、得体の知れない嫉妬が、酔いと共にいっきに安永の体の中をまわった。

「ねえ、国山はどうして君のことに一生懸命になるの。今日もまた、わざわざ電話をかけてきたよ」

「それは私に惚れてるからじゃないですか」

「ほう……」

二の句がつげない、というのはこういうことか。しばらく沈黙が続いた。やがて、美砂はウイスキーをロックでと言い、ウエイターは二人の前からしばらく姿を消した。

そして安永の口から出てきたのは、極めて常識的な言葉である。

「だって、彼は、君の先生なんだろう」

「だけど本当にしつこいんだもん」

美砂は肩をすくめた。

「男と女に、先生とか学生って関係ないみたい。もし私が国山先生のこと、セクシーだなあとか好きとか思ってたら、すぐにそういうことをしたかもしれないけど、あの人にぜんぜん興味ないし、正直言って鬱陶しいんですよねえ」

彼女の突然の学生言葉は、意外にも安永に対する大きな媚びとなりつつある。リンスの香りと若い体臭を同時に嗅いだような気分なのだ。

「ひどいなあ、国山も可哀想に」

「あら、言わないでくださいよ。仲よしなんでしょう」

「仲よしでもないよ。もう二年ぐらい会っていない。それに……」

そうかすれずに声が出た。

「君の論法だと、セクシーな男ならいいってことだけど、僕なんかどうかな」

「あらあ、安永さんは素敵ですよォ」

横顔のまま、また肩をすくめる。やわらかく脇腹の肉が動くのを安永は見た。

「じゃ、誘っちゃうぞー、おじさんは」

「うーん、どうしようかなあ」

何という小生意気な声を出すのかと思った瞬間、安永の中で勇気と欲望がからまりあった。

「本気にするよ。取り消しはなしだよ。もうこれ以上、おじさんをからかっちゃいけない」

それきり美砂のことを忘れたわけではない。何かの拍子に、指に歯向かうような肌の感触や、いやだあ……という鼻にかかったあえぎ声が、不意に記憶の器を溢れるほど満たすこともあった。けれどもそれだけのことだと安永は自分に言いきかす。

会社に訪ねてきた遊び好きの女子大生と、ひと晩だけのアバンチュールを楽しんだ。ただそれだけのことだ。

その間、一度だけ国山と電話で話した。

「どうだった、あのコ」

「うん、悪くはないが普通の女の子だなあ」

「やあ、いいんだ、いいんだ」

国山は先まわりをして安永の言葉を制した。

「彼女も本気で受けるつもりもなかっただろう。商社というとこを見て、お茶をご馳走になったんだから、それで満足だったろう。いろいろ悪かったな」

美砂からは、当然のことではあるが、礼状のひとつもなく、電話さえかかってこな

い。あの夜、ホテルの一室で、

「別に気にしなくてもいいですよう。私、だからって電話したり、これからもつき合おうなんて思ったりしないヒトだしい……」

という言葉は本当だったのだろう。

男として言えば惜しい気もするが、安堵といえばこれほどの安堵はなかった。いつしか安永は、あの夜のことは、若い女子学生に親切にした、ちょっとしたオマケというほどにまで、自分の気持ちを整えていた。ひとりでウイスキーを飲む時に、誰にも気づかれぬようにほくそ笑む思い出。それがひとつ増えただけではないか。

だから今年の新人の中に、美砂の姿を見た時の衝撃は大きかった。四月に入っての昼下がり、研修を終えた若い男女が人事の男に連れられて、どやどやと部屋の中に入ってきた。その中に美砂がいたのだ。

わずか一年の間に、彼女は見違えるようになっていた。初めて会った時と同じような色のスーツを着ていたが、かたちからしてはるかにしゃれたものだ。背中まであった髪を耳の下で切り、軽くパーマをかけている。それが彼女の顔をほっそりと知的に見せていた。

一年前、自分が抱いた女に一瞬安永は見惚(みと)れ、そして次に困惑と恐怖に近い驚きがだろうか。

走った。何ということだろうか、美砂は入社していたのだ。それなのに国山はおろか、本人も知らせてこなかった。何のために。まさか自分を陥れるつもりではないだろうか。

人事の男が短かく挨拶した。そのことによって安永は、彼ら、美砂を含めた彼らが総務に配属される新入社員だということを知る。落ち着け、この部にやってくる若者たちとは、とっくに顔合わせを済ませていたではないか。だから美砂が近くに来ることはない。一緒に机を並べるという最悪の事態からは逃れられたのだと思うものの、足の先が小刻みに震えているのがわかる。

けれども彼女から目を離すことは出来ない。そしてそのことを美砂は知っていたに違いなかった。中央の窓に向けていた顔を、わずかに動かし、安永に視線をあてる。そして微笑んだ。一年前のまだ幼なさの残る笑顔ではなく、その時なぜか安永は自分は罠にかかったと実感したのである。

毎年、この時期になると男たちは新しく会社に入って来た女たちの評定にかかる。特に若い男性社員と一緒に飲んだ時など、その話題から逃れることは出来ない。今年最大のヒットと彼らが口々に言うのは、国際室に配属されたバイリンガルの女性で、モデルになってもいいほどの美貌だともっぱらの評判だ。その他にも秘書室の某、人事の某と名前が挙がり、美砂の名を誰かが小さく叫んだ。

「総務のさ、ほら山岸っていうコも悪くないよなあ」

ああ、美人だと他の男たちも言う。

「だけど遊んでそうだよなァ」

「そうそう。廊下ですれ違う時の身のこなしがさ、場数踏んでるっていう感じだよなあ」

どうやら安永には見えず、彼らには見えるものが世の中にはいくつか、特に女に関してはあるらしいのだ。そして若い男たちの勝手な噂話を聞くたびに、安永はいくつかの光景がうかびあがる。酔った拍子に安永とのことを同僚に漏らす美砂。飲み屋でのこのように無責任な噂話。

「安永課長っていうのもやるよな。OB訪問に来たコを、その日のうちにやっちゃうなんて」

「あそこの奥さんっていうのは、会長の遠縁なんだろう。大丈夫なのかな」

男たちはまだいい。女たちは何というだろうか。管理職になって三年、安永は女たちの怖さと辛辣さを十分に知りぬいていた。もしあのことが会社の女たちに知られたら、自分はどれほどの軽蔑と非難を浴びるだろう。

何とか手を打たなくてはならない。一度美砂を食事に誘い、口封じをしておくことが必要だった。新人研修が終わって十日、今のところ、幸いにしてフロアの違う美砂とすれ違うこともないが、意味深な笑いを浮かべられる前に、きっぱりしたことを言い渡すことが必要だ。

「大人同士、責任を持ってしたことなのだから、楽しい思い出として忘れよう」

これはあまりにもありきたりではないだろうか。

「君があんまりにも魅力的だから、ついふらふらとしてしまった。馬鹿な男だと思って笑ってもいいが、どうか僕を困らせないでくれ」

情に訴える方が、ああした娘には効果的かもしれない。内線一覧表を探してみると、美砂の名前はもう記されていて、そのことに安永はまたいまいましい思いになる。

「はい、総務部でございます」

「こちらアパレルの安永ですが、山岸さんお願いします」

「ああ、安永さん、私、山岸です」

よそいきの声が一変すると、確かに聞き憶えのある美砂の声に戻った。といっても、あのホテルのバーや部屋での時とはまるで違う。

「入社したんだね。知らなかったよ、おめでとう」

「はい、ご報告しなくちゃと思っていたんですけれど、私、ぎりぎりまで悩んでいたものですから」

そして声を潜めた。

「あの、スチュワーデスも受かったんですよ。でも小さな国内航空ですから親にも反対されてこちらに来ることにしました」

「そう、それはよかった」

いかにも嘘っぽく聞こえただろうと安永は自分に腹が立つ。

「それでね、今日か明日にでも会えないだろうか。お祝いを兼ねていろいろ話もしたいんだ」

「それがですねえ、私、とっても時間が無いんです」

美砂は勝ち誇ったように言った。

「毎晩のように歓迎会か同期の飲み会があるんです……でもね」

もしかすると美砂はしのび笑いをしたのではないだろうか。

「私、今日、おたくの課のお花見に誘われてるんです。同期の女性何人かと。おたくの山下さんがぜひにとおっしゃってくださって」

美砂のことを「遊んでいそうだ」と評したお調子者の男を、安永はちらっと眺めた。隣りの課の若い女と何やら笑い声をたてている。彼がいかにもやりそうなことだ。

「もしお話だったら、その時にしてくれませんか」

「だけどね、君、そんな」

「あ、すいません。今、別の電話がかかってきましたので」

あっさり切られてしまった。安永は不安と腹立たしさの中に、またひとりとり残される。


陽がすっかり長くなったと皆つぶやきながら桜の下に集った。いつもながら新入社員が場所取りだ、つまみだと走りまわっている。花見をするなら日本一の会社と誰かが言ったが、道路を横切り数十メートル歩けばいいのだ。だから忙しいという言いわけは許されない。会議の途中で抜け出してくる者さえいるほどだ。

「今日は素敵なゲストがいまあす」

山下が四人の若い女を紹介すると、一座から拍手が湧いた。どうやら人気の高い新人を誘ったらしい。

もう会社に常備してあるビニールシートの上に、近くのコンビニエンス・ストアで買った焼き鳥やつまみ類が並べられた。缶ビールで乾杯し、宴会が始まった。今年は冷気が続いたために桜が長い。四月も十日だというのに、暮れていく空を埋めつくしていくかのような桜の花だ。

美砂は山下たちに囲まれ、安永の左側にいる。そこは安永から見えない位置だ。時折笑い声が起こるが何を喋(しゃべ)っているのかわからない。けれども美砂があれほど笑う女だということを初めて知った。つくり笑いではなく、いかにも楽しそうな大声だ。柿の種を嚙みながら、安永の隣りに座っていた古株の女が話しかけてくる。

「課長、この頃の若い人っていいですよねえ……」

この年ぐらいになると悪意はなく、しみじみとした話し方だ。

「そうかね」

「そうですよ。屈託っていうものがまるっきり無くって、ああいう風に若い時を生きられたら、どんなに楽しかったでしょうねえ」

「ああ、だけど彼らには彼らの悩みがあるかもしれないしなあ……」

そう思わなくてはどうして美砂の居るこの席にいて、ビールなど飲めようか。しかし美砂は「話し合う」という約束をすっかり忘れているようだ。あれはその場を逃げるための方便だったかもしれない。だいいちこれだけ会社の人間がいる中、どうして二人きりになれるだろうか。

やがて小用をもよおした安永は、気づかれぬように立ち上がり、会社の玄関に向けて桜道を歩き始めた。いつもなら五分とかからない道だが、人をよけながらだから簡単に前に進めない。

「安永さん」

振り返ると美砂がいた。

「私もトイレ行きますから。その時間ぐらいでいいでしょう」

二人は並んで歩き始めた。学生のグループが酒盛りをしている。プラスチックのコップに入ったウイスキーをがぶ飲みしているから、顎(あご)のあたりにたらたらと滴がこぼれていた。

「安永さん、いえ、会社では課長って呼ばなくちゃいけないのね」

美砂の口調を安永はどうしても笑いとばすことが出来ない。

「そんな言い方はやめたまえ。いったい君は何を考えているんだ。話してくれよ」

「話すって何をですか……」

美砂は立ち止まって安永を見つめる。短かくした髪とほっそりした頬は、一年という月日をもの語っている。

「安永さん、何か誤解してる」

「誤解？」

「そう、私があのことについて、何か人に言うと思ってるんでしょう。でも私、そんなに野暮なヒトじゃないですよ」

「そりゃわかっている」

「あのですね、私、あのことはあのことって割り切っています。それなのに安永さんの方で意識されると、私、やりにくくって困っちゃうわ」

今日の花見に合わせたのか、美砂は薄紅色のジャケットを着ている。安永は自分の望んでいた方向に行くことに胸をなでおろしながらも、目の前の美しい女を再び手に入れたいとも思う。

「ね、約束しましょうよ。お互いに誰にも言わない。それから……」

美砂が顔を近づけた時、あの甘いリンスの香りがまた香った。

「それから絶対に後悔しないこと」

と美砂はそう言って安永から離れた。妖精のように、木の陰に消えてそれから見えなくなった。

安永はひとり桜の木の下に居て、後ろ姿を探すこともなくただ立ちつくしていた。放心というのはこういうことを言うのか。あまりにもいちどきにさまざまな感情が押し寄せてくると、人はからっぽのようになるらしい。ただ歌を思い出した。田舎の母親が趣味でつくっているヘタな歌だ。

「桜山、ゆるゆると続く花を見て、息苦しけり盛りというは」

週末まで

妻ある男とつき合っている多くの女と同じように、佳恵(よしえ)もまた週末というものが嫌いだった。わびしい、つらいというよりも暇をもて余してしまうのだ。

最初の頃は、男も隙(ひま)を見計って電話をかけて寄こしたりし、佳恵は終日それを待っていたりもした。けれどもつき合い始めて二年もたつ頃には、双方の緊張感も薄れていく。

佳恵はちょっとした買物をしに街へ出かけたり、仲のいい女友だちと会ったりもする。妻子ある男と恋をして、佳恵にはわかったことが三つあった。

ひとつは自分と似た境遇の女がとても多いこと。

ふたつめは女たちは、小説やドラマに出てくるような悲愴感があまりないこと。

うということである。

みっつめはそうした女たちは、秘密を守るためにもいつしかグループになってしまうということである。

美知や苗子というのも、いわば〝不倫仲間〟というものだ。佳恵と美知は短大の同級生で、苗子は美知が連れてきた女だ。なんでもフラワー・アレンジを教える教室で知り合ったという。

「私たちって本当にけなげだと思わない。週に一度来るか来ないかわからない男のためにさ、綺麗なお花を見せてあげようと思っているんだから」

美知はけらけら笑う。彼女は佳恵と同い齢であるから今年二十六歳になる。もちろん結婚はいつかしようと考えているが、外資系の英語教材の仕事が今は面白い。結婚は三十過ぎても出来るのだったら、それまでは腰を据えて仕事をする。それだったらすぐ結婚を口にする若い男よりも、家庭と金を持っている男の方が好ましい。まあ口でいうほど割り切っているわけでもないのだが、美知はいつも明るくさばさばしている。それも相手の男に金があるからだろう。

美知の相手は郊外にレストランを四軒ほど持っている会社のオーナーで、彼女がセールスをしていた時に、客として知り合ったという。このあいだの連休はハワイに連れていってくれたというし、ブランドもののバッグもプレゼントしてくれる。近頃珍しく景気のいい愛人なのだ。

そこへいくと古典的な不倫をしているのは苗子で、相手は会社の上司というよくあるパターンである。普通の会社員であるから金などあるわけがなく、食事の費用も割り勘だという告白に、

「そんなケチなのやめちゃえ、やめちゃえ。どんな得があるというのよ」

と二人は憤ったものだ。

「だけどねえ、やっぱり別れられないのよねえ。こんな関係長く続けちゃいけない。君は結婚して幸せになってくれ、って言われれば言われるほど、絶対に別れられないって胸がきゅうんとなるの」

と言ったかと思うと、

「だけどね、そりゃあ、うんといい男が現れたらもちろんそっちの方へいくわ。あたり前じゃない」

と舌を出すこともある。結局、あなたは不倫をしているということが好きなのよ、と美知は笑う。

佳恵にしてもこの二人と似たりよったりのところだ。相手の吉川とはいきつけのスナックで知り合った。

「ちゃんとした会社に勤めてるいい人だから、ちょっとお話したら」

とマスターに紹介されたのである。吉川は三十六歳という年齢よりもはるかに若く見え、グレイの背広でカラオケを歌っているのを見た時は、独身だと信じて疑わなかった。妻と小学校三年生の双児の男の子がいると知ったのは、ホテルの一室に入り、男が長いキスをしながら後ろ手でドアにキイをかけた時だった。

「君にひと目惚れしてこんなところまで連れてきたけど、僕は結婚してるんだ。君を騙すのは嫌だから、いまここで言っておくけど」

腹を立てたならこのまま帰っていいよ、と言われたが、こんな時にまわれ右をする女がいるだろうか。冬のことで外は肌をつき刺すような風が吹いていた。それに佳恵の心と体はその時すでに出来上がっていた。

「いいや、ま、これもなりゆきというものだしな」

心のどこかでつぶやいたのを憶えている。それに頭の中にははっきりと〝不倫〟というネオンサインがきらめいたのは否めない事実だ。

はからずも足を踏み入れてしまったが、これが不倫というものなのだ。佳恵のまわりにも妻子ある男とつき合っている女たちは山のようにいる。彼女たちはひといち倍苦しんでいるようなふりをしているが、その実ひといち倍得意なのだ。自分は他の若い女のようなお子さまランチの恋をしていないという自負があるらしい。なぜなら最後には必ずこういうではないか。

「あなたになんかわからないのよ」

そうそう、この言葉も、ああした女のきまりごとのようだ。

「奥さんのいる人が好きになったわけじゃないの。好きになった人にたまたま奥さんがいたのよ」

あの夜から吉川との関係が始まり、そうした女の仲間入りをした佳恵は今ならわかる。不倫をしている女は不倫が好きなのだ。まるで運命のように皆は口にするが、運命というものはもっと他動的なものではないか。どれほど深刻な恋でも、始まりはちょっとした戯れだと佳恵は思っている。あの時、いや、その後にいくらでも引き返そうと思えばそうした機会はあったのに、いま自分はここまで進んできている。だからことさらに男を恨んだり、自分のことを悲劇の主人公仕立てにしないというのが、不倫をしている女の美学というものであろう。

全く自分はいいことを言う。テレビや雑誌でべちゃくちゃと偉そうに喋（しゃ）べっている女たちよりも、はるかに見識があり立派ではないか。役に立つこともいくらでも言える。どうして自分のところに取材に来てくれないのかしらと半ば本気で言い、美知と苗子に笑われたこともある。

「全くあなたぐらい明るくて元気だったら、世の中どんなにスムーズに暮らしていけるかしらね」

けれど週末には手を焼いている。映画を観たり食事をするのに相手がいない。会社の同僚を誘おうにも、彼女たちは釣り合った年齢の男たちとの約束がある。もちろんほとんどのことをあきらめ始めた暇な女たちもいることはいたが、彼女たちはたいてい詮索好きで意地が悪い。自分たちよりはるかに若くて綺麗な佳恵の私生活にとても興味を持っている。

彼女たちに吉川とのことを知られるのはまっぴらだ。不倫などというのは、同レベルの頭のいい女、しかも経験者の間で語ってこそ意味があるもので、みじめったらしい女にかかったら、ただの薄汚い男と女の話になってしまう。

だからこうして洗たく物を干した後は、美知か苗子に長電話するしかないのだ。

「彼と腕を組んで渋谷を歩きたいって思い始めたら、もう手を切った方がいいんですって」

美知はずばり言った。

「そうかしら」

「そうよ。平凡な男でこれといった魅力がなくてもいい。私だけの男が欲しい、なんて思い始めたら女も年なのよ」

「私はそんなに貧乏ったらしいことを考えるわけじゃないのよ。誤解しないで」

佳恵は憮然とする。こういう時に見栄を張るのも不倫仲間ならではだ。

「ただね、ちょっと便利な男が欲しいと思っているだけ。女ひとりだと日曜の映画館なんか入りにくいわ。レストランなんかも行けやしない。ちょっとひとりで街を歩いてると、もの欲しそうに見えるはずがないと思うのに男の人が寄ってくるでしょう。ああいうのに腹が立っているの」

「じゃあ、佳恵は土日のエスコート役の男が欲しいってことね」

「そう、見栄えはそう悪くなくて、ケチじゃない男。だけど私はこの頃の若いコとは違うからね、関係ない男におごられっぱなしになろうなんて思ってやしないわ。割り勘でもＯＫ」

「謙虚に出たわね。やっぱり後ろめたい気持ちがあるから」

　電話口で美知が笑う。

「しつこく言い寄られるのも困るけど、そうかといって私のことにまるっきり関心ないのも嫌よ。私のことを憧れてはいるんだけど、ちょっと気が弱くて行動に移せない、なんていうのが理想かしら」

「あなたねえ、そんなにうまくものごとがいくわけがないでしょう」

美知は笑い続けた。しばらくして息を整えると、

「あのね、そういう風になめてかかると結局はその男とデキちゃったりするのよ」

と早口で言った。

「私のまわりもそのパターンばっかり。相手があんまり構ってくれなくて淋しいもんだから、ツナギに若い男をつくるのね。するとその男の情にほだされてしまう、っていうのがこの頃多いのよね。そう、そう、佳恵や私みたいにね、いわゆる〝不倫疲れ〟の年齢の女は、たちまちコロリよ」

「〝不倫疲れ〟ねえ……」

「そうよ、若い男とつき合いたいと思う願望はね、そろそろ汐どきかしらと心のどこかで思っているからよ」

「私は絶対にそんなことない。あのおじさんに結構惚れてるもん」

佳恵は吉川のことを〝おじさん〟と親しい友人には言う。

「そりゃあ私だって少しは寄ってくる男がいるけど、おじさんと較べりゃ問題にならないわよ。私、結構貞操堅固だしさ。本当にひとりの男だけを思う、けなげな女なの

よ」

「それだけ自信があるんだったらさ」

美知は言った。

「本当に男をつくればいいじゃないの。週末だけ一緒に遊んでくれる男。もっとも佳恵の言ってるような都合いい男がいるとは思えないけどね」

ところがぴったりの男がいたのである。

佳恵はこのところゴルフの練習場に通っている。

「うまくなったらゴルフ場に連れていってやるからな」

という吉川の言葉をすべて本気にとったわけではないが、いずれ役立つことがあるだろうという思いからだ。多摩川のはずれにある格安の練習場を教えてもらった。近くのサラリーマンが多く、都心の練習場にいるような上級者はほとんど見かけることはない。

車を持っていない佳恵は、クラブを二本専用のケースに入れ電車で出かける。日曜の急行、新宿駅午後二時十二分発といつのまにか決まっている。この電車に乗り、佳恵と同じゴルフ練習場に通っていたのが小沢(おざわ)だったのだ。

大層人なつっこい男で、四度目に会った時は、わざわざ近くまで来て佳恵に声をかけた。

「随分練習熱心ですよね、毎週いらしてるでしょう」

普通だったら用心して口もきかない佳恵がついにっこりと応えてしまったのは、たとえ打ちっぱなしといえども、同じスポーツ練習場に通う仲だという思いと、小沢が滑稽といってもいいほど背の高い男だったからである。顔が吊り革のあたりににゅっとある。彫りが深く外人のような眼窩なのだが、たえず笑っている口元がやや締まりがない。いかにも人のよさそうな印象を与えると同時に、御しやすそうな男とひと目で見抜かれそうな笑い顔だった。

「僕はね、もう半年も通っていて、レッスンを受けたんですけど、ぜんぜん駄目ですよ。グリーンに出るたびに恥をかきます」

聞きもしないのにそんな話を喋べり続ける。お喋べりの男というのは、佳恵の最も苦手とするものなのであるが、小沢と名乗った男はそう不愉快ではない。なぜなら非常に間がいいことと、彼は意外な気遣いを見せたからである。二人の席の前に人が立つとその時はぴたりと話をやめる。彼が語るのはまわりに乗客がいない時に限られているのだとすぐに気づいた。

年は三十二か三といったところだろうか。もちろん家庭を持っているだろうと佳恵は見当をつける。独身の男だったら女の子を車に乗せ、もう少し綺麗な練習場に通うはずである。はたして小沢は自分の妻のことを語り始めた。

「デパートに勤めているんですよ。だから土日も僕はひとりでぶらぶらしているわけ。結婚してからこっち、休日に二人で出かけたなんて数えるほどしかないなあ」

「まあ、どこのデパートですか」

小沢は池袋の有名な店の名を挙げた。

「家具売場にいるんですよ。もしお嫁にいくような時はおっしゃってください。社員割引でうんと安くさせますから」

女は男のことを独身かどうかあれこれ推理するが、男は反対にひと目でわかるようだ。もっとも家庭の主婦が日曜日の午後に、ひとりきりでゴルフの練習をするはずもない。

練習場で二人は隣り合った場所をとったが、小沢は確かにゴルフがうまくなかった。長い足をうまく使えず下半身がふらついている。飛距離が伸びるはずはなかった。

「僕はあまりスポーツが得意じゃないんですよ。学生時代にちょっとサッカーをやったんですけどね、すぐに自分に向いていないと思ってやめました」

ベンチで自動販売機のウーロン茶を飲みながら言った。

「女房にもよく言われるんですよ。あなたは面白さがわかる前にやめちゃう人だって。あんまり口惜しいから、ゴルフはせめて楽しいって思えるまでやろうと思っているんですがねえ」

あっ、そろそろと小沢は時計を見た。

「お先に失礼しますよ。ちょっとひと休みしたら疲れが出ちゃって……もうやめときましょう」

かすかに肩すかしを喰(くら)ったような気がした。佳恵は漠然と帰りの電車も一緒になるものと思っていたからである。図々しいようでいて、どこか恬淡(てんたん)としている。ひと言でいえばとても後味のいい男であった。

「小沢さん、また来週もね」

佳恵はちょっとおどけて片手を振る。

「また同じ電車で来ましょうね」

昔、同級生の男の子に呼びかけたような声だと自分でも驚いた。

そして約束どおり次の日曜小沢はいつもの電車に乗り込んできた。彼も佳恵と同じように、階段を上がって右にしばらく歩く車輛が好きらしい。また隣り合わせの場所で打ち、帰りはお茶を飲んだ。

次の週はファミリーレストランで簡単な夕食を食べた。小沢は大手のアパレルメーカーに勤めていて、美大出身だということも初めて知った。

「そう言うとたいていの人に驚かれるんですよ。その割にはちっともおしゃれじゃないし、センスというものがないって……だけど僕は学校の美術の教師になるつもりだったんですからねえ、派手な美大生とは違ってましたよ」

しかしそう言われてみれば、紺色のサマーセーターからのぞいているレモンイエローのポロシャツは、なかなか垢抜けている。最初会った時から身綺麗な印象は確かにあったような気がする。

そうそう、と彼は言った。大学の同級生で小劇団の座員になった者がいる。自分はそういうことには疎くなっているのだが、会社の女の子に言わせるとなかなかの人気だという。

「藤本さん、知りませんか。奴は本名で出ていましてね……」

その名前は聞いたことがある。確か時々深夜番組に出てきて、パントマイム風のコントを演る男だ。

「ご存知ならよかった。奴から切符を買わされましてね、新宿のシアターアップルというところで公演をするそうなんです。よろしかったら来週にでも行きませんか。ゴルフはお休みして」

「喜んで」

素直に声が出た。たぶん自分はにっこり微笑んでいるはずだと思う。日曜日に芝居を見に行くなどというのは久しぶりだ。

「だけど本当にいいんですかあ。あなただったらいろいろご予定がおありでしょう」

小沢がこうした場合、男がよくする質問をしてきたので、佳恵のある部分がむくむくと頭をもたげた。こういう時、やたらと露悪的になるのが彼女の癖だ。

「だって私、妻子持ちとつき合ってるから、土日は暇なんです」

「なるほどね」

小沢は苦笑している。

「僕も週末はチョンガーですからね、いつでも誘ってくださいよ」

「奥さん公認でね」

「はいはい、僕もあなたの恋人のお許しを得ましょう」

二人同時に笑い声をあげた。

全く人は見かけによらないとはよく言ったものだ。背がやたら高いということを除けば、平凡なサラリーマンに見えた小沢であったが、じきに佳恵はさまざまな顔を見ることになる。

小劇団の公演が行なわれた劇場はそう大きなものではないが、流行の格好をした若者で満員だ。いつもはテレビの傍役でしか見たことのない浜田羽行（というのが小沢の同級生の名前であった）が、大変な演技力の持ち主であることに佳恵は目を見張る。コントの中で女装をしたり、老人の役を演じたりと大活躍だが、どれもがさまになっている。若い観客たちはやや過剰といえるほどの反応で笑いころげていた。

「この後、ちょっと楽屋に行くんですけど一緒に行きませんか」

小沢に言われた時、佳恵は晴れがましさと緊張とで少し怯えた。テレビに出ている人間に会うなどというのは初めての経験だったからである。

羽行は舞台化粧を落としたばかりの艶々した顔で、小沢を嬉し気に迎えた。決して演技の延長ではないのは、彼の肩に置かれた手でもわかる。

「お前、久しぶりだよなア……。あれっ」

佳恵の方を見た。

「嫁さんだっけ……？」

「いや、こちらは藤本佳恵さんっておっしゃって僕の友人です」

「おー、おー、やるじゃん」

羽行は小沢の背をどやしつける。その大げさな動作とつくりものめいた大きな笑いが、彼が初めて見せた芸能人らしさであった。この雰囲気に負けまいと佳恵は胸を張る。

「おいおい、ヘンな風に考えるなよ。藤本さんと僕とは一緒にお茶を飲んだり、映画やお芝居を見たりする仲なんだ。といっても、今日が最初だけどな」

「いってみれば〝シアター不倫〟というところかしら」

佳恵の言葉に、他の鏡を使っていた男たちも吹き出した。

「いいねえ、〝シアター不倫〟。これから二人でどんどん来てくださいよ。ねえ、藤本さん、あなたは小沢が俳優してたの、もちろん知っていますよねえ」

「おい、よせよ、よせったら」

小沢があわてて手を振る。顔が耳のつけ根まで赤くなっている。

「いいじゃないかア、本当のことなんだから。この劇団はね、僕と小沢とでつくったようなもんなんですよ。僕は学生時代、演出家を志していたのに、看板役者に辞められちゃったから泣く泣く役者に転向したんですよ」

「全くあいつったら、よく出鱈目ばかり言えるもんだよなア」

劇場を出、新宿の雑踏に混ざりながら小沢は大きなため息をついた。

「あれがあいつの成功の秘訣なんだろうなあ。相手に合わせて、その場限りの出まかせを言う……」

「でも私、信じるわ」

「えっ？」

「小沢さんがお芝居をやっていたっていうこと」

人混みの中でも頭ひとつ大きい男だ。きょとんとこちらを見る顔に、何とも言えないおかしみがある。

「ねえ、小沢さんはこの後どうするの。家に帰ってご飯を食べるのかしら」

「いや、そんなことはない。週末はね、お互いに外で食べてくるっていうことになっているんですよ」

「それならば焼鳥はいかが、この近くにね、すごくおいしいところがあるのよ」

「いいねえ。実を言うと、僕はさっきから生ビールのことばかり考えていた」

「もちろん生ビールも置いてあるわ。いい日本酒だって揃っていて、もう嬉しくなっちゃうようなお店よ」

たそがれ近くなった歌舞伎町は、急に人の流れが変わったようだ。男の街のように言われているところだが、日曜日の夕方ともなると若いカップルが多い。コマ劇場がひけたのか、中年女のグループが、通せんぼをするように道いっぱいに広がって歩いている。誰もが楽し気に休日の空気を味わいつくそうとしているかのようであった。

小沢が不意に尋ねた。

「藤本さん、その焼鳥屋って、何時頃まで開いてますか」

「えっ、夜の十一時までだと思いますけど」

「それなら映画を一本観ましょうよ。口直し、って言っちゃナンだが、あんなどぎつい芝居の後は、しゃれた恋愛映画でも観たいですね」

「賛成、賛成。私、この頃チェックしておいたのがいっぱいあるのよ」

二人はいつのまにか、肩をぴったり寄せるようにして歩いている。やっと気づいた。週末の街というのは二人づれのためにあるのだ。道路の幅も、喫茶店の椅子の配置もカップルを想定している。それからはぐれてしまったのだから、佳恵が街に出づらくなったのは当然といえる。

「本当に楽しかったわ。やっぱり日曜日っていうのはこうじゃなけりゃね」

佳恵の興奮をひややかなものに変えるのは美知の役割りだ。

「その男、信用出来るの？　芝居をやってたなんて、あなたも怪し気なのにつかまっちゃったわね」

「そんなんじゃないわよ。その小沢ってね、映画やお芝居のことってても詳しくて、一緒にいるのが楽しいのよ」

「いい、言っとくけどね……」

「ストップ、ストップ。言いたいことはわかるってば……。でもその人にもちゃんと奥さんがいるし、私にはあのおじさんがいる。私たちは週末だけはちょっと淋しい種族なのよ。その週末を一緒に楽しむ相手が出来たってわけだから、どちらにとってもいいことなんじゃないかしら」

「話がそんなにうまくいくといいけれどもね……」

美知は少し嫉妬しているようだと思った。週末がつらい、肩を組んでもらえないというのは皆の共通した不満なのだ。それを佳恵はいまらくらくと解決しようとしている。

この頃は金曜日の電話が待ち遠しくてたまらない。ゴルフの練習に行くのは土曜にするか、日曜日にするか。それとも土曜日にゴルフに行き、日曜日は東京のモダン時代を撮った写真展に行こうか。小沢はそんなことをこと細かに質問してくる。

「藤本さん、彼氏からだよ」

机を並べている新人の女の子がそう取り継いで、佳恵は赤くなる。

「いいねえ……。いいよ、いいよ」

女の子のグループに、すぐ入りたがり、評判を落としている部長が、目を細めて佳恵の横顔を盗み見している。

「藤本クン、やっぱり若い女のところに、男から電話があるっていうのはいいね。明日どうするー、あさってどうしようかって、いちゃいちゃ相談するのも楽しいんだろうなあ。実はね、藤本クンは美人なのに男の人からの電話が来ないなあって、昔から心配していたんだよ」

「よけいなオ・セ・ワ」

本心そう思っていたのだが、冗談にするために佳恵は笑いかける。

電話は当然小沢からで、明日遠出をし湘南の海でも見ようということになった。

「でも土曜の湘南の混み方っていったら、ものすごいっていうじゃない」

「そうだなあ、こんなに陽気もよくなっているし……」

「出かけたものの、混み過ぎていて帰れなくなったりして……」

佳恵はおやと思う。小沢は今の冗談に少しも笑わないからだ。

「君さえよければ――」

彼はかすれた声で言った。

「向こうで一泊してもいいと思っているんだけど」

「えー、何ですって」

「後は夜、ゆっくりと話する」

何か言おうとしたのだが、まわりに人がいて問いただすことが出来ない。勘ぐると小沢は奇襲攻撃をかけてきたということになる。

受話器を持ったまま佳恵はぼんやりとしている。相手が一歩踏み出したのは確かなのだ。後は女のこちらがどう出るかだ。

「ああーあ」

破れかぶれのため息が出た。どうして小沢はこれほど早く、決戦に出てきたのだろうか。本当に自分のことを愛しているんだろうか……。

それでも気がつくと小沢のことばかり考えている。月曜から金曜日までは別の男、そして週末は小沢……。不倫には休息日をつくらなければならない。

休む日もなしで、男の人を愛し続けるのはなんと大変なのだろうと、もう一度ため息が出た。

恋物語

結婚して四年、男というものはネクタイを締めながら言いづらいことを口にする、ということを純子は知りつつある。

少なくとも夫の巧の場合はそうだ。日頃そう口うるさい男ではないが、さまざまな不満や愚痴をぽろりとこぼすこともある。考えてみると、あわただしい朝たとえ短かい時間であっても、夫婦が二人きりになるのは洋服簞笥の前だけだ。純子は毎朝必ず夫の傍に立ち、夫の上着に軽くブラシをあてたり、ハンカチを手渡したりする。両親がこうする様子を幼ない時から見ていたからだ。

今は幼稚園に通うひとり息子の隆がまだ赤ん坊の頃も、ひどく泣いたりしない限りは、ベビー椅子にくくりつけるようにして、夫の準備を優先させた。

純子は夫がネクタイを締めるさまが好きだ。巧はやや身を乗り出すようにして、箪笥の鏡をのぞき込み、真剣な様子で指を動かす。剃りたての顎(あご)のあたりはつやつやと輝やいている。そして整髪料とローションのにおい、多少不愉快になるようなことを言われても、朝の夫をこうして注意深く見つめる、それが妻の務めだと純子は思う。

その朝、巧が選び出したのは、いくつものエンジェルフィッシュが泳いでいる模様のタイだ。熱帯魚といっても有名ブランドのそれは、しっとりした色で大層品がいい。誰かの出張土産にもらったもので、巧の気に入りのひとつだ。夏が近づくとよくこれをすることが多い。シュッとかすかな衣ずれの音をさせながら、

「結婚するらしいよ」

と言った。

「えっ」

純子は問い返す。

「どうも近々結婚するらしいよ、あちらは」

〝あちら〟と巧が発音する時の、無関心を装うつもりの奇妙なイントネーションですぐにわかった。〝あちら〟と呼ぶのは、四年前に別れた巧の前妻なのだ。

「あら、そう、ほんと。そりゃ、よかったわねえ」

とっさに祝福の声が出たことに安堵する。夫の前妻が再婚すると聞いたら、不機嫌に押し黙るか、喜ぶふりをするかどちらかしかないではないか。純子は前者が似合うほど若くもなく、後者に徹するほどうまい芝居が出来るわけでもない。だから「よかったわねえ」という声がすぐに出たことに純子は満足する。

「というわけだからさ、まあ、君もさ、そこんとこ肩の荷を降ろしちゃったりしてさ」

こういう時、おどけた風を装うのが巧の癖なのであるが、うまくいっているとはいえない。三十八歳という年齢もあったし、何より剽げたさまが似合わない男なのだ。ともあれ、別れた妻について、こんな風に話すのは巧の誠意というものに違いなく、純子は感謝すべきなのかもしれなかった。

「それでどういう人と結婚するの」

「そこまでは知らないよオ。俺が知っているわけがないじゃないか」

巧はぷいと横を向いたが、そのしぐさでおおかたのことを知っているのだろうと純子は確信を持つ。きっと巧の母親が知らせたのだ。巧の母親と、巧の別れた妻の母親とが知り合いで、その縁から二人の結婚話が起こったのだ。だから純子との仲が発覚し、離婚ということになった時、

「あなたは私の人間関係もめちゃくちゃにするつもりなのね」

と巧の母親に言われたことがある。姑とは今でも決して仲はよくない。隆が生まれてもそう可愛がってくれるわけではなく、他の孫のところへいってしまう。

あの姑はいったいどんな風に、彼女の結婚のニュースを伝えたのだろうか。

「これであなたも純子さんも、少しは救われたというものでしょう」

ぐらいのことは言っただろうと見当がつく。

「やっぱり直美さんのような女性は、すぐに次の方が現れるのよ。あなたも惜しいことをしたわねえ」

とも言ったかもしれない。直美というのが、かつて巧の妻だった女なのだ。姑が言うには美しいうえに気立てもよく、育ちも純子とは較べものにならないそうだ。

「私は息子の気持ちが本当にわからないのよ、でもね、あなたのお腹のことを聞いて納得がいったわ。子どもが出来たら、男の人はもう逃げられないものね」

姑の言葉は今でも耳にはっきりと残っている。子どもを欲しがったのは巧の方だ。もう一度君と人生をやり直したい。本当に愛する女と暖かい家庭をつくりたいと言ったのはあなたの息子ではないか。

あの時ついに口にすることがなかったたくさんの言葉と、姑から浴びせられたいくつかの憎しみの言葉は、入り混じり、お互いをさらに脚色しながら、純子の中で不意に出現する。それに苦しみ、そのすべてを打ち消すような隆の甘え声を交互に聞いていたのが純子のこの四年間だった。このところ隆の声の方が強くなり、あの嫌な声たちは随分弱まってきた。もはや純子の力で、出てきそうな時は押さえつけることも出来る。

それが今朝の夫の言葉だ。

「あちらも結婚するらしい」

本来ならば歓迎すべきニュース、ということになるが、人の気持ちはそう単純にいくものではない。隆を幼稚園のスクールバスに乗せた後、純子はぐったりとダイニングテーブルの前に座った。目の前には夫や子どもが食べ散らかした皿が置いてある。隆がひとつだけ残したウインナソーセージ、そして夫の皿にはベーコンエッグの玉子の黄身が斜めについている。こういうものとひき替えに、自分は何という経験をしたのだろうかと純子は思い出す。

若い女が妻ある男と恋をする、というのはもはや珍しくもない。うんざりするほど見聞きするありきたりの話だ。けれどもこれがひとたび二人が強い決意を持ち、きっと結ばれるのだと考えたとたん、非凡さを持ち始める。多くの劇的な争い、多くの劇的な憎悪が生じるのだ。

純子は生まれて初めて父親に殴られた。

「人の旦那を盗るなんて、そんなこと、本気で考えているのか」

母親は女だけあって純子を理解しようとしてくれたが、それでも愚痴は出る。泣かれたことも何度もあった。

巧の母親などは最初から、ふしだらな女、という視線でこちらを睨(にら)みつけた。その時純子は二十四歳だった。何の苦労もなくぬくぬくと生きてきた純子にとって、これほど大量の憎悪を投げつけられたのは全く初めての経験だといってもいい。あの頃、他人からの憎悪も男の愛情も、溢れるほどの大きさでやってきて純子の心を締めつけた。だから純子はよく泣いたものだ。

「そんなに泣かないでくれよ。君を幸せにするために僕は頑張っているんだからさ」

いとおしくてたまらぬように巧は言い、その後純子をきつく抱いた。哀しみと歓びの区別はもうつかず、ただ得体の知れないものが純子の体を占領していた。熱にうかされるというのは、こういうことだと純子は合点がいった。

「あのね、私……」

泣きじゃくりながら語る自分の声はまるで巫女のようだと思う。この世でいちばん崇高な言葉しか口にしない巫女だ。

「私、もう、あなたなしじゃ生きていけないの」

「僕だってそうだよ。どんなことがあったって、純子を離さないよ」

巧に抱きすくめられると、生きる、離さない、という言葉はさらに真実味を持つ。

さらに激しいものをかき立てるのだ。

「あのね、私、このまま死んでもいいわ。巧さんと一緒に真白い雪が積もるところへ行って、そして何日間か一緒に暮らした後……」

「おいおい、よしてくれよ」

巧の歯はとても白いから、笑うと少年のようだと思う。そしてこの笑顔こそ、自分が命がけで手にしなくてはいけないものだと純子は決意する。自分が立ち向かわなくてはならない多くのトラブルは、まさにそのための試練なのだ。

今考えると恋のつらさ、恋の不幸というのは何と多くの甘美さが含まれているのだろうか。あの頃純子は泣いてばかりいた。けれどもそうしていると、体の奥深いところでひくひくと揺れるものがある。堪えても堪えきれないほどはっきりとつき上げてくるものは、まさしく生の歓喜なのだ。それは巧からしっかりと教えられた性の喜びと繋がっている。

ああ、自分は普通の人がしていないような激しく貴い恋をしているとさえ思う。そう考えれば考えるほど涙はさらに熱くなり、いくらでも流れてくる。頰を涙でぐっしょりと濡らしながら純子は目を閉じる。このまま自分は気が遠くなるような気がした。

けれども今、ひとりの子どもの母親になった純子はわかる。そうした陶酔や華やぎの陰に、ひとりの女が犠牲になっていたのだ。純子の頰を殴った後、父親は言ったものだ。

「お前、相手の奥さんのことをどう考えているんだ。人をつらく悲しいめに遭わせて、自分が幸せになれると思っているのか」

その時は別人のような父親が怖しく、逆うことが出来なかったが、後で母親に言った。

「私がもしあっちの奥さんだったら、こうなったらあきらめると思うわ。だって夫の心がもうこっちにないと思ったら仕方ないじゃないの」

若さと無知ゆえの傲慢(ごうまん)な言葉だった。純子はおそらく信じていたに違いない。自分たちの物語にもなりそうな素晴らしい恋、普通の人には経験することが出来ないような恋。これを成就するために、平凡な女がひとり泣くのは仕方ないではないかと。

巧にはもちろん、母親や親友にもそんなことを口にしなかったが、純子の胸の中には絶えずその優越感が燻っていたはずだ。

直美は最後まで、恨みの電話ひとつかけてこなかったが、それさえもあたり前だと思った。彼女の親や弁護士を混じえての話し合いの末、正式な離婚が決まった時のことだ。その場に出なかった純子に対し、直美あての手紙を書いたらどうかと父親は言った。

「そうしたらお前の気も済むだろう。お金じゃ解決出来ない傷を奥さんに与えたんだからな。心を込めた手紙を書くのがいちばんいい。あちらはそういうことがわかってくれる人だ」

「嫌よ」

即座に叫んだ。

「あの人にそんなことをする必要はないわ。かえってへんに思われてしまう。あの人は自分に至らないところがあったから、巧さんの心が私の方に来たって知ってるはずよ。もうこういうのって、自然な人の感情だから逆うことは無理なんだってば。謝る必要なんてないのよ」

父親はもう純子のことを殴らなかった。なぜならその頃、もう目立つほど純子の腹はせり出していたからだ。ただ悲し気に目を伏せた。あの日、父親がどうしてあのような表情をしたのか、ようやく理解出来るような気がする。

ようやく気をとり直して純子は流し台の前に立つ。スポンジに洗剤を注ぎ、軽く皿にあてた。隆の食器はどれも小ぶりで可愛らしい。アニメの人気キャラクターがスプーンの先にまでついている。これは先週、親子三人でスーパーに出かけた時、大層ねだられて買ったものだ。

新築の三LDKのマンションは、すぐ傍の公園からいい風が入ってくる。二人で住み始めた時から、もうじき生まれてくる子どものために、環境のいいところを選んだのだ。都心からかなり離れてしまったが、まわりは緑が多く、隆と似たような年代の子どもたちも多い。

大きな団地がつくられているせいだが、純子の住むマンションは、このあたりでも中の上ぐらいと目されている。広くて本当に綺麗と、隆の幼稚園仲間の母親たちも、遊びにくるたびに羨望のため息をもらすほどだ。それはもう四十近い巧の年齢のせいもあるが、やはり直美のことを忘れるわけにはいかない。四年前、彼女に支払われた慰謝料は、さまざまな事情を考えてもそう高いものではなかった。

子どもがいたらああはいかない。世の中には前妻の慰謝料と子どもの養育費に追われ、それこそかつかつの暮らしをする夫婦も多いという。あまりの余裕のなさに音をあげ、せっかくの新生活を捨てる女もいるそうだ。

今のこの幸福で快適な暮らしは、夫の前妻が多少影響しているものだということを、しぶしぶではあるが純子は認めざるを得ない。四年めにしてようやく生まれつつある後ろめたいという感情は、もちろん心地よいものではなかった。だから朝の巧の言葉が気に触わるのだ。

「どうやらあちらも結婚するらしい」

自分たちの結婚と直美とが関係しているように、直美の結婚もまた自分たちが関係しているはずなのだ。これは巧の母や自分の母から得た情報なのであるが、直美の父親はもう退職した教師で、そう裕福でもないという。直美自身も教員免許を持っているというものの、結婚前は普通のＯＬだったはずだ。これといって資格のない三十半ばの女、しかも離婚歴がある女が生きていくには、世間というのはそう楽しいところではない。おそらく多くの不安や焦りもあっただろう。

もしかすると再婚するのは生活のためかもしれなかった。いや、よく聞く話だ。テレビや雑誌で見たことがある、離婚した中年女性が、すぐに駆け込む結婚相談所の風景だ。子ども連れや老け込んだ女たちが、机をはさんで同じような子連れの男たちと向かい合う。再婚のための集団見合いなのだ。

中年や初老の男たちは、勤務の片手間、育児や家事に追われて疲れきっている。片や女たちも子どもを育てながら勤めることに息もたえだえだ。

「こうして中高年の再婚はお互いの利害がぴったりと一致しているわけですね」

したり顔でコメントする司会者に影響されたわけではないが、なんとみじめたらしい結婚なんだろうかと純子は目をそらした。愛情より先に、まず結婚することが目的になるなんて、なんと薄汚ないんだろうか。しかも男はお手伝い、女は給料を運んでくる男と、望むものがあまりにも露骨過ぎる。

自分たちとはまるで違う。最初出会った時、彼には妻がいたから結婚などとても不可能だと思ったけれども愛さずにはいられなくなり、すぐに別れられなくなった。もう会わずにいようとしながら、すぐにお互いのどちらかが駆け寄ってしまう。こういうことが重なるうちに、二人はやがて運命というものを知る。そして運命の具体的なかたちが結婚というものなのだ。

おそらく直美は、自分や巧が経験したような運命にはめぐり合わなかっただろう。

「何となく、っていう言葉があるだろう。まさにそれだよ。男は二十代の終わり頃、無性に結婚したい時があるんだよ、その時にまわりを見渡したら、たまたま彼女が居たんだ」

巧の言葉は多少差し引いて考えなくてはいけないだろうが、それでも直美と夫とが激しいもので結ばれたとは考えづらい。

結婚当初、事情が事情だったので、巧はあまり友人を家に呼ぶことはなかった。直美を知っている職場の同僚を、家に連れて来るようになったのはつい最近のことだ。どの男たちもはじめは居心地悪そうにビールを飲んだりする。純子の顔もしっかりと見られない。けれども中にはひどく酔う者もいた。

「おい、やっぱり人生はパッション、パッションだよなあ」

感に堪えぬように叫んだのは、同期入社で田沼という太った男だ。大学院卒というから巧よりふたつだけ上ということになるが、シャツのボタンがはじけそうな腹や、白髪が目立つこめかみのあたりは、停年間近と聞いても頷けそうだ。

「前のカアちゃんも悪くなかったが、パッションっていうもんが足らなかったかもしれんな。そこへいくと若い女はやっぱりパッションに溢れてる。この若いカアちゃんと対抗するパッションを持っているお前は、やっぱりエラい」

純子は男たちのそんな言葉から、夫の別れた妻のことを想像するのだ。あの時会っておいてもよかったとさえ思う。お腹の子に響いたら大変と、交渉ごとはいっさい巧や両親に任せていたのだ。

「そうねえ、お父さんの話だと、なかなか綺麗な、とても感じのいい人だったという話よ」

電話口の母親はあまり愉快そうではない。どうして今さらそんなことを尋ねるのかとまず叱られた。

「何だか結婚するって聞いたら、どういう人なのかなあって、俄然興味が湧いちゃったのよ」

「そういうのを余計なお世話っていうの」

「そうねえ、お祝いをあげるっていうのはやっぱりおかしいかしら」

「馬鹿なことを言うもんじゃありません」

母親は大きな声をあげる。

「あちらは、あなたの名前を見るのも嫌でしょう。馬鹿も休み休み言いなさい」

「そんなに怒らないでよ。ただね、この頃私も自分がしたことがやっとわかるようになったの。申しわけないことをしたと思うし、あの時、もっと誠意をつくせばよかったと思うわ」

「純子もやっと大人になったっていうことよ」

母親はうってかわってしみじみとした声を出した。

「でも今さらおわびをしたり、お祝いをしたりするのは失礼というものよ。巧さんを大切にして、隆を一生懸命いい子に育てればいいの。とても幸せな家庭をつくる、それが相手の方に対するおわびというものなのよ」

最後は完全な説教となった。純子は電話を置きため息をつく。やはり母親にわかってもらえるはずはなかった。巧から結婚するという話を聞いてから、前妻の直美は純子の中で具体的なかたちになろうとしている。四年間、恋愛期間を含めると五年間、なんとか努力して、無視しよう、忘れようと思い込んでいたものの、タブーがはずされたような思いなのだ。

直美の結婚により、純子はやっと彼女についてじっくりと想像する自由を得られたような気がする。罪の意識、新しく吹き出したかすかな嫉妬などによって、直美は本当に生身の人間として目の前にあらわれた。いや、それよりもいま純子の中で孵化しようともがいている受精卵のようなものだ。どろどろとしてまだかたちになっていない。純子は直美の顔や体、肉声といったものをいっさい知らないのだ。

「美しくて気立てがいい」

と巧の母親は言う。

「綺麗で感じのいい人」

というのは実家の父だ。

「本当に平凡な普通の女だよ」

と巧は言うが、それだけでは何もわからない。

ふと思いついて純子はトランクルームのドアを開けた。マンションのトイレの横にある二畳の部屋は早い話が小さな納戸である。巧がなかなか捨てないゴルフセットや、除湿機などが置かれている。中にダンボール箱がふたつあり、それは巧が以前使っていたものが詰め込まれていた。このマンションに引越してくる際、巧はほとんどの家具を処分したという。

「やっぱり以前のものは、君に対して失礼だから使えないよ」

という言葉は純子をいたく感激させたものだ。その他こまごましたものは巧の実家に預けてきていたから、この家にはどうしても手元に置いておきたいものだけが運ばれてきたことになる。

ふたつのダンボールはそうしたもので満ちているはずなのだが、引越してから四年もたつというのにまだ整理されないままだ。とはいうものの、ガムテープの封は切られている。それを開けたのは純子で、その時ちらりと見たのは、かなりの量のＣＤとアルバムであった。

　巧はカメラ好きのところがあり、隆の成長を、まめにビデオとカメラで撮っている。おそらく昔のアルバムにも特別の愛着があったに違いない。そして純子の狙いは、このアルバムの中にいるであろう直美であった。以前の家具さえ処分した巧だ。前妻のスナップを残しておくような無神経なことはしないだろう。とはいうものの、ひとりの人間をアルバムから抹殺することが可能だろうか。おそらく何人かの集合写真や背景に、直美は映っているはずだ。

　上に隆のおもちゃ箱を置いておいたから、ダンボールをひっ張り出すのは大層骨が折れた。箱を開ける。水色の何のへんてつもないアルバムが、金の輪を上にして並んでいた。

　それは巧の学生時代の写真だ。フィッシングクラブの一員として、南の島で合宿した写真が出てくる。それは既に純子が目にしたものだ。アルバムには記憶がないのに、写真は見たことがあるというのはどうしたことだろう。同じ写真が二枚あるのだろうか……。

　そんなことはどうでもいい。純子が見たいのはこのもっと後の写真だ。水色のアルバムはそこで置き、橙（だいだい）色のアルバムを手にした。スーツ姿の夫がいる。どうやら入社してすぐの頃らしい。今でも十分に若々しいと思っていたが、二十三、四の頃の巧は、はっきりと若い。分け目が見えないほど髪がたっぷりとしていて、頬の線がやわらかい。純子は思わずにっこりとした。

ページを開くとスキー旅行の写真だ。缶ビールを片手にVサインをしている巧の後ろに、三人の女が映っている。セーター姿の女たちは皆若く、ほどほどに綺麗で、酔いのせいでほどほどに行儀が悪い。

次のページは何かの研修旅行だろうか。やや硬い表情の巧がいる。やはり女が二人映っているが、その女と前ページの女とは重ならない。

純子は困惑した。考えてみると直美の手掛かりは何もないのだ。ひと目見さえすれば勘でわかると自信を持っていたのだが、巧と二人きりで映っている女はどうもいそうもない。美人で感じがよい、という言葉だけで、アルバムの中から直美を探すのは、どうやら至難の技のようだ。おまけに次のページにも、次のページにも写真を剝（は）がした跡がある。几帳面な巧は、どうやら直美が映っている写真はすべてとりのけたらしい。

「どうやって前の奥さんのこと、考えればいいのかしら」

純子は思わずつぶやいた。

それきり直美のことを忘れたわけではない。時々夢のようなことを考えることがあった。何くわぬ顔をして結婚式場へ行き、直美の花嫁姿を見るのだ。敵意に満ちた表情などもちろんしない。感謝と祝福を込め、物陰から見つめよう。その時こそ自分は、いくつもの呪縛から逃れることが出来るのだ……。

いつのまにか眠っていたらしい。隆に添寝し絵本を読んでいた。隆が寝入ったのを確かめ、そろそろ起き上がろうと思っていたのに、昼間の疲れが瞼を重くしてしまった。時計を見る、十一時を二十分過ぎている。浴室から湯を使う音がした。接待で十二時を過ぎると言っていた巧だが、意外に早く終わったらしい。

純子は手早く髪を直し、キッチンに向かった。うたた寝をした目に、蛍光灯がまぶしい。あくびをひとつした純子は、テーブルの上に週刊誌を見つけた。夫が電車の中で読んだ雑誌を持ち帰るのは珍しくない。だがなぜかその週刊誌に不自然なものを感じた。

テーブルの一辺、左右対称の位置にきちんと置かれているのだ。その律義さになぜか夫のある意図を感じ、純子は手にとってみる。中をぱらぱらとめくった。これといってめぼしい記事はない。大物政治家の脱税のその後と、選挙のゆくえという特集が並んでいる。そして雑誌をめくる指が止まった。

それは「ウエディング」という社交欄である。財界、政界の息子や娘、あるいは特殊な職業の人々の結婚ニュースが載っている欄だ。以前勤めていた銀座の画廊の長女の消息をここで見つけて以来、純子は毎週この欄に欠かさず目をとおす。

「新進陶芸家　遅咲きの恋」という見出しが目に飛び込んできた。新進といっても五十二歳のその男は、現代工芸展に何回も入賞しているホープだという。近々、イタリアフィレンツェ市に招ねかれ個展を開くという喜びの他に、もうひとつ喜びが重なった。それは安田(やすだ)直美さんという素晴らしい伴侶を得たことだと文章は綴られている。

「安田直美！」

間違いない、安田というのは直美の旧姓だ。作務衣を着て、にっこりと微笑んでいる初老の男に寄り添うようにして立っている女こそが、純子が知りたかった巧の前妻なのだ。

直美のことを純子はほっそりとした女だと思っていた。ところが写真の女は、丸顔の大きな目がいかにも陽気そうな女だ。顎(あご)のあたりは二重になっていて、もはや中年の雰囲気さえあることが純子には意外だった。

「安田直美さんは都内の輸入代理店に勤務。一度結婚の経験がある。二人の出会いは、今をさること半年前、新郎の個展だったという。

『彼の作品を見て衝撃にうたれました。そこでじっと立ちつくしていたところ、話しかけてくれたのが彼でした。作品以上に彼がショックでした。今までこんなに純粋で無垢な魂を持ち、しかも男らしい人に会ったことがありませんでした』

『お互いにひと目惚れです。彼女に出会うために独身でいたようなものですね。彼女はとにかく最高の女性です』

大恋愛の延長のような新婚生活だという」

純子は〝大恋愛〟〝大恋愛〟としばらく口の中でころがしてみた。自分だけに与えられた幸運のように長いこと思っていた言葉。それは多くの人々、たとえば小太りの初老の男と、二重顎の女にも使われるものなのだ。しかも夫の前妻という女にもだ……。

口惜しいのではない、ただ不思議さにぼんやりとしているだけなのだ。

夫の湯を使う音に混じり、いつしか演歌の鼻歌が聞こえてきた。

トロピカル・フルーツ

海を背景に、まるで静物画のように果物の皿が目についた。

ホテルの支配人からのウェルカムフルーツだ。皿の真横にタイプでうったメッセージが置かれている。

「高田邦明様、美佳様」

ハンドバッグをまだ手にしたまま、美佳はそのメッセージカードをしみじみと見ている。おととい式を挙げたばかりの二人にとって、夫婦としての連名はまだ珍しいものなのだ。

「随分気を使ってくれるのね。これ、私たちだけ特別なの、それとも新婚旅行の人には、みんなこんなに親切なの」

「多分、我々だからじゃないのかな。このホテルはよくロケに使うところなんだ。ここと親しいクリエイティブ部の奴に予約を頼んだから、多少気も使ってくれるんだろう」

だけど、と高田はちょっと軽口を言ってみる。

「僕に聞いてもらってもわからないよ。なにしろ新婚旅行に来たのは初めてだからね」

「まっ」

美佳は嬉しくてたまらぬように高田を軽く睨(にら)んだ。花嫁の余韻はまだそこかしこに残っていて、肌も髪も艶々と光っている。もともと身だしなみのいいおしゃれな女だったが、今日のいでたちも髪のウエイブからマニキュアまで隙ひとつない。亜麻(あま)色のスーツから靴にいたるまですべて新品だ。おそらく何ヵ月も前から、新婚旅行のために用意された品々らしいことは容易に想像がつく。

高田はかすかな重みを胃のあたりに感じたが、結婚というものはこうした重みを生涯背負っていくものだと既に納得していた。

「見て、向こうの空が少しずつ晴れてきたわ」

美佳がベランダに顔を向けた。私は〝晴れ女〟だからと自慢していたとおり、海の西側から薄陽が射し込んでいる。

「よかったァ。沖縄に来て雨が降ってたら本当に悲しくなってしまうものね」

胸の上で腕を斜めに組み、自分の肩を抱く。二十六歳だというのにそんな少女じみたしぐさが似合う女だった。彼女より六歳年上の高田はこんな時、男がどうすればいいかを知っている。新婚旅行の部屋に到着し、妻は海を見つめるために窓辺に立ちつくしているのだ。夫は背後からまわり妻を抱き締めるべきだろう。高田はそのとおりにした。妻になったばかりの女の髪からは、いつもよりもはるかに甘い香りがして、彼はいくらか厳粛な気分になる。

「幸せ？」

月並みな言葉が出た。

「幸せだわ。信じられないぐらい、すごうく」

本当にそう思っている証拠に、高田の腕の内側が触れている、妻の乳房が大きく呼吸している。美佳のこの純粋な喜びに対し、高田はかすかに後ろめたい気分になった。

「ご免な、ハネムーン、海外に行けなくって。忙しくって悪かったな」

それは半分は本当で、半分は嘘が入り混じっている。大手の広告代理店で営業をしている高田にとって、暇な時期などまるでない。不景気なら不景気で、新たに喰いついたスポンサーを大切にする時だった。新規のプロジェクトも始まっている。しかし一生に一度のハネムーンという名目なら、まとまった休みを取れないこともない。そうはせず、仲間のひとりが勧めるままに、直行便が飛ぶ宮古島のホテルを予約したのは、高田の照れというものだ。今さらこの年をして、新婚旅行に喜びいさんで行く、という印象だけは免れたかった。それより何より高田は疲れ果てていた。結婚というものが大変な労力を必要とするものだと聞いてはいたが、これほどまでとは思わなかった。大学進学のため地方から上京して以来ずっとひとり暮らしで、すべて安直に世間とつきあってきた彼にとって、結婚は想像を絶する大イベントであった。仕事がらイベントというものを数多く手掛けていたが、それとこれとはわけが違う。仲人への挨拶から始まり、式場、引き出物の選定とさまざまな煩わしさが続いた。美佳は長女のうえにひとり娘という境遇で、親の張り切りようも大変なものだ。彼女の方の意向に振りまわされるうちに、結婚式はいよいよ大規模な複雑なものになっていく。

高田は途中何度も腹を立て、もういい加減にしてほしいと口にしたことさえある、そのたびに美佳はほとんど涙ぐみながら、

「ご免なさい、ご免なさい、でも一生に一度のことだからもうちょっと我慢して

……」

と謝り続けたものである。

このことを高田はよく愚痴ったが、同僚たちも異口同音に結婚式の煩雑さを口にした。すべての男たちが女のペースに乗せられ、へとへとに疲れてしまうのだ。

「仕方ないさ、俺たちはそういう結婚式と女房っていうもので世間に組み込まれていくんだからな」

と言った男がいて、高田はそうかもしれぬとため息をついたのを憶えている。

しかし、いまこうして妻になったばかりの若い美しい女を背後から抱き締めながら、二人で海を見ていると、そうした世間に組み込まれるのも悪くないなとふと思う。

俺も年をとったんだ。

そのつぶやきは奇妙な安堵（あんど）を高田にもたらした。彼はなおも愛情を込めた口調でこうささやく。

「夏になったら少しは休みとれるからな。その時にはイタリアでもニューヨークでも、美佳の行きたいところに連れていってやるからな」

そして相手は、高田の予想していた通りの言葉をつぶやいた。

「私はどこだっていいの、本当よ。邦明さんと一緒に居られるんだったらどこだっていいの」

自分の中の「ありきたりの場面だな」というかすかな声を耳にしたが、高田は心地よい衝動にかられ、こちら側に向かせた美佳の唇を激しく吸った。友人の紹介で知り合ったのは二年前だから、美佳が二十四歳の時だ。もちろん初めてではなかったが、二人か三人の男たちは美佳にそう大きな痕跡を残してはいかなかった。高田が思う存分腕をふるうことが出来た体だ。いまそれはぐったりと高田の腕の中でしなっている。

「シャワーを浴びてくるわ」

あえぐように言う。

「だってとっても汗くさいんですもの」

「汗くさくなんかないよ。とってもいいにおいだ」

「でも嫌よ……」

高田はいつも思うのであるが、女というのはどうしてことシャワーや風呂に関しては我を通すのであろうか。美佳のようなおとなしい女でさえそうだ。やや強引に腕を振りほどいてしまった。

「シャワーを浴びたらお散歩に行かない？　だって食事まで随分時間があるでしょう」

歌うように言いながらバスルームのドアを閉める。が、数秒もしないうちにまた出てきてやや恥ずかし気に部屋の隅に進んだ。そこには彼女の大ぶりのルイ・ヴィトンのボストンバッグが置かれている。

「お着替えを出さなくっちゃ」

言いわけするようにつぶやき、中から取り出したのはローンの花模様のワンピースだ。

「見ちゃ駄目」

と悲鳴を上げた。どうやら舞台裏を見られたくない気分らしい。おそらく散歩に行く時はこれ、食事をする時はこれと、彼女なりの計画を練っていたのだろう。

「見やしないよ」

高田は苦笑いをした。

「私、髪を洗うからちょっと時間がかかるかも知れないわ。それでもいい？」

「ああ、いいとも」

肩すかしをくった気分がしないでもないが高田は寛大に答えた。なぜかわからぬが、また新しい疲労が体の奥からじわじわと染み出したような気がする、が、多分、新婚旅行で妻の長風呂を待つ夫というのはたいていこんな心持ちになるのだろう。

やがて湯をためる音が聞こえ始めた。シャワーを浴びるというよりも、どうも本格的に風呂に入るようだ。高田はベッドに腰かけ、電話機のボタンを押す。約束どおり同僚の熊沢は外出せずに席に居てくれた。

「お前も律義な奴だなあ、新婚旅行先からちゃんと電話をくれるんだからな。俺は今頃、お取り込み中で電話どころじゃないと思ってたぜ。ふっ、ふっ」

「おい、おい、やめてくれよ。それよりも見積もり、どのくらいになった。もう出ただろう」

「それがなあ、ちょっと先方には見せられん数字だ」

二人は武骨なビジネスのやりとりをしばらく続けた。バスルームの音もまだ消えない。

「おい」

熊沢の口調が不意に変わった。

「今そこに、奥さん居るか」

「いや、風呂に入ってる」

「じゃあ、この話してもいいかな」

「涼子のことか」

「ああ、昨日な、偶然に会ったんだよ。竹山良の出版記念パーティーでさ」

熊沢は有名なイラストレーターの名を挙げた。確かにそこに同業者の涼子が居ても不思議ではない。

「正直言ってさ、お前の結婚式の次の日じゃないか。何て言っていいものか口ごもっちゃったんだが、彼女の方から声をかけてきた。高田さんの結婚式、どうだった、お幸せにねって伝えてちょうだいって言ってたぞ」

「ああ、そうか……」

すべてを知っている友人だけに、高田はひたすら頷くしかない。

「まあ、それを聞いたらお前も少しはホッとするんじゃないかと思って。余計なことかも知れないが伝えとくぞ」

「ああ有難う」

「嫁さん、おととい初めて見たけど可愛くて美人じゃないか。お前ももうここでじっくり腰落ち着けて、嫁さん大切にしろよ」

最後は説教がましい言葉を口にして熊沢は電話を切った。

高田はソファに戻り煙草(たばこ)を手にした。黄昏(たそがれ)にはまだ間がある部屋は、ホテル独特の清潔な冷たさが横たわっている。壁には、おそらく南の海を表現したのだろう、青のグラデーションの抽象画がかかっている。もうひとつの装飾といえば、目の前のフルーツ皿があるだけだ。弓なりのバナナを囲むように、キウイ、マンゴー、パパイヤが盛られている。沖縄で穫(と)れるものばかりではあるまいが、それはいかにもこの場所にふさわしいものであった。どれも強烈なにおいを放ち、個性的なかたちをしている。そして高田はこの果物に似たひとりの女を知っていた。

高田は以前涼子から、二枚の写真を見せられたことがある。最初の一枚は髪の長い、清楚な雰囲気の二十二歳の彼女だ。

「親の言うままにお嬢さん大学へ通ってて、何も考えてなかった頃」

涼子は解説を加えた。そして三年後の彼女は、ソーホーの街並みを背景ににっこりと笑っている。髪は丸坊主に近いスキンヘッドだ。首のまわりにじゃらじゃらと石でつくったアクセサリーをつけている。

「これもみっともない私。何をしていいのかわからないままアメリカへ行って、とりあえず過激なことを試してた私」

極端から極端へ走ったおかげで、いま中ぐらいのちょうどいいところにいるでしょうと肩をすくめた涼子は、薄化粧にショートヘアだ。麻のシャツに男もののジャケットをひっかけているが、さりげなく金のピアスをしている。

仕事柄、高田はクリエイターと呼ばれる女たちによく会うが、育ちの悪そうなぞんざいな女や、個性と下品をはき違えているような女はとうてい我慢が出来なかった。あまりにも肌が合わず、ある有名スタイリストを切ってしまったことさえある。

その点涼子は最初に会った時から、高田に極めてよい印象をあたえた。あるカメラマンの紹介で作品を見てくれとやってきたのだが、ぴんと糊のきいた白いシャツがまぶしいほどだった。ほっそりと華奢な体つきの彼女にそれはとてもよく似合い、黒のスクラップブックを持っていると、まるで画学生のようだ。が、初めて会った三年前涼子はもう二十七歳になろうとしていた。

少女の頃からずっと油絵を習っていたが、本格的にイラストレーターになろうと思ったのはニューヨークに行ってからだと、涼子は例の写真を見せたのだった。

外見に似合わず、涼子は大胆な絵を描いた。黒人の女たちが素裸で、性器さえ見せてくねくねと踊っている絵もある。金髪と黒髪の女が死体のように並んでベッドに横たわっている絵は、その後ファッション雑誌の表紙を飾った。

「ああいう絵を描く女って、レズビアンか、そうでなかったらSM嗜好だぜ。ああいうクラブ行くとさ、あのテの女が多いって言うぜ」

最初の頃、一緒にチームを組んでいた熊沢などよく言ったものだ。しかしそれはすぐに間違いだと高田にはわかった。会って一ヵ月もしないうちに、高田は涼子のアパートに通うようになったからである。

四年前に死んだ父親の遺産で買ったという涼子の部屋はほとんど家具がなく、パキスタン製のラグと白いソファだけがリビングルームに置かれていた。気が向くと時々料理をつくってくれたが、どれも不思議なスパイスが効いていた。ナツメグや八角(バッチャオ)といったものなら高田にもわかるが、涼子の使うものはそうではない。調理棚にずらりと並んだ瓶(びん)は、昔の男や友人たちが彼女のために世界各国から持ってきてくれたものだという。最初の頃はそのにおいが気になり箸(はし)をつけなかったことさえあるが、やがて砂漠や熱風を思い起こすスパイスがなくては物足りないほどになった。その時既に、高田は涼子にのめり込んでいたに違いない。

学生時代から女には不自由しなかったし、仕事柄寄ってくる種類の女たちもいくらでもいた。その自分がどうしてこれほど涼子には夢中になるのだろうかと高田は自分でも空怖(そらおそろ)しくなるほどだった。その疑問を涼子にぶっつけ、二人で謎を解こうとまた激しく体を合わせた。そんなふうにして一年が過ぎ、もうこの女なしではいられないだろうと思い始めた頃、高田の前に美佳が現れたのだ。

出会いはよくある話であるが、〝飲み会〟というやつだ。部下の男が、有名商社の女性たちとコンパがあると高田を誘った。もうそんな年ではないと何度も手を振ったのに、人数が合わないと強引に連れていかれたのだ。

美佳の第一印象は決して強くはない。よくいる美人だなと高田は思った。東京によくこうした娘がいる。大切に育てられ、いい学校に進み、そのまま一流の企業に勤める。手入れされた肌に髪、趣味のいいハンドバッグ。笑顔が大層愛らしい。男たちがいちばん好むタイプだ。何も自分が手を挙げなくとも、いくらでも名乗りを上げる男はいるだろう。こうしたわかりやすい美点を持つ女は、自分よりも若い男たちに任せておけばよい。それが高田の第一印象だった。

ところが思いがけない方向に話は展開した。当時高田が手がけていたスポンサーが、アメリカのロック歌手のコンサートを計画していた。美佳はその歌手の大ファンだという。

「それならチケットを送りましょう。僕の手元に何枚かあるから」

こうしてきっかけをつくるのは、広告代理店の男たちの常套(じょうとう)手段だ。彼らと同じように取られるのは不本意だったから、高田はわざと素っ気なく切符を郵送した。中に手紙もメモも入れなかった。ところが三日もしないうちに美佳から電話がかかってきたのだ。どうしてもチケットのお礼をしたい。近いうちに食事をご馳走させてくれないだろうかと、美佳はよく暗記したセリフを吐き出すように言った。後で聞くと、もし断わられたらどうしようかと緊張のあまり、ずっと動悸が静まらなかったという。

涼子との交際が、はっきりとした高田の意志で始まったのに比べ、美佳のそれがいつどんな風に進んでいったのか高田は定かではない。会って三回目ほどで、

「この娘は俺に惚れているな」

という確信は生じた。しかしそれに乗じたり、傲慢な気持ちを持つまいと思った。それは涼子に対する誠意というよりも、めんどうくさいことは出来るだけ回避しようとする大人の男の分別というものである。しかし、

「高田さんって恋人いらっしゃるんですか」

という美佳の問いに対し、

「いたらいいんですがねえ、仕事が忙しくってチャンスがありません」

と答えたのは、あきらかに男の狡さだ。美佳は今日に至るまで、涼子という女の存在を知らないに違いない。そして片方に隠し通そうとしたものを、どうして片方には

すべてぶちまけたのだろう。

「好きな女がいるんだ」

初めて美佳と結ばれた夜、彼女を送り届けてから涼子の部屋へ行った。涼子は黙ってカップを差し出した。それもきつい香りのハーブティであった。

「私に別れて欲しいわけね」

彼女は腕組みをする。そうすると水色のシャツの胸のあたりにいくつかの皺が寄り、高田は今伸ばそうとした腕をぴしゃりと拒否されたような気分になった。

「そうじゃない、そうじゃないんだ。どうしていいのかわからないんだ」

「子どものようなことを言うの、やめてよ」

涼子はせせら笑う。すると鼻のあたりに、シャツとそっくり同じやわらかい皺が寄った。

「ひとりの男にはひとりの女しか必要ないわ。そんなこと、三十になってわからないの」

「少し待ってくれよ」

本当に子どものような声が出た。

「待ってどうなるの。いつか私の方を選んでくれるっていうわけ」

「それは約束出来ない」

自分でも何と残酷なことを言うのだろうかと思う。けれどもこの女に対して嘘が通じないことを前から高田は知っていた。

「俺はきっと結論を出す。それまで見守っていて欲しいんだ」

「私はあなたのお母さんじゃないわよ」

涼子は低く笑い、ハーブティを飲み干した。青いシャツからはっきり喉仏が見えるほど最後まで飲み干す。高田の中に痛みのような欲望が走った。

「何するのよッ」

涼子は叫んだ。しんから怒りに満ちているのがふるったこぶしの強さでわかる。

「離しなさいよッ、卑怯よ、こんなの」

ティカップが床の上で割れた。もう中身は無いはずなのに、それは一層強い香りをはなった。女を暴力的に扱ったのは高田にとって初めての経験である。涼子の中に入っていった時、彼女は泣いた。決して許さないとも言った。けれどもそれで終わりだったというわけではない。

その夜から二年間にわたる高田と二人の女との三角関係が始まったのだ。三角関係といっても、美佳の部分の角はぼやけている。決して攻撃してこない角だ。高田は週に一度美佳と会い、映画を見て食事をした。その後ホテルに行くこともある。自宅から通っている美佳は髪が崩れることを大層心配して、その後小一時間ドライヤーで整える。その後ろ姿を見ると高田は、暖かいもので満たされる自分を感じるのだった。いつの間にか彼女の家にも出入りし始めた。想像どおり郊外の小綺麗な二階家で、想像どおり小型犬を飼っていた。

両親が海外旅行した隙に泊まったこともある。美佳の部屋は涼子とは実に対照的で、溢れるようにたくさんの小物で満ちていた。人からプレゼントされたぬいぐるみにアクセサリーボックス、習い始めた茶道の道具だ。涼子と違い、彼女は自分の過去をすべていつくしみ、誇りにさえ思っているようであった。驚くほどの数の写真立てが、ベッドの傍といわず、飾り棚といわず置かれている。ハワイの語学研修に行った際の水着姿、友人たちとのスキーウエアの姿。涼子がかつて断ちきろう、変えようとしていたものを、美佳は忠実に継続しているようであった。

チェックの柄のベッドシーツの上で美佳を抱くと、高田は安堵と幸福に包まれる。かつては軽蔑し、避けようとしていた幸福感だ。そして高田はそのことを涼子の方に告白する。

「僕はもう若くないいんじゃないかと思う。いつのまにか誰もが手にしたいと思うものを手にしたくなっているんだ」

「いいのよ、それが普通なのよ」

涼子は酒を手にしている。それは見たこともない果実の酒だ。緑色の深い瓶の底にその果実はマリモのように横たわっている。その酒が入っているのは、洗面所のうがいのコップだ。この二年間というもの、この部屋でもう何個のグラスが割れたことだろうか。

「もう決して来ないでちょうだい。来たらおまわりさんを呼ぶわよ」

涼子が本気で投げつけたグラスもあれば、嫌がる涼子を抱こうと高田がもみ合っているうちに割れたグラスもある。三角形のひとつの角が最後までやわらかくぼやけていたのに比べ、もう二つの角はますます鋭く尖(とが)り、決して交わることは出来ないことを知っていた。そしてそのことに苛立(いらだ)ち、両端で二つの角はお互いを傷つけ合おうと焦っているかのようであった。

「もう疲れたわ」

ある夜涼子は言った。

「こんな風に相手をめちゃくちゃにすることだけが私たちのつき合いなんですもの。いかに相手をまいらせるか言葉で挑戦して、ボクサーのように向き合っているわ」

その時の涼子は薄荷のにおいがした。それは高田もよく知っているにおいだった。

「あなたと私はとてもよく似てるわ。そのこと、とっくに気づいているでしょう」

高田は頷いた。

「双児みたいに手の内がわかってしまうの。ねえ、もういいわよ。あなたはやっぱり、あなたの可愛い人がお似合いなのよ」

美佳のことを涼子は「あなたの可愛い人」と呼んでいた。

「もういいわ、もう十分よ。もうあなたの可愛い人に決めなさいよ。これだけ時間をかけて決めてもらったんだから私、もういいわ。本当よ……」


「お待ちどおさま」

バスルームのドアから美佳が出てきた。さっきのワンピースを身につけ、髪を小さく結い上げている。ほとんど化粧をしていないが湯上がりの頬がピンク色に染まっていた。

「どう、このワンピース」

夫の強い視線に照れ、スカートの両端をひょいと持ち上げた。うっとりするほどの可憐さだった。

「とっても可愛いよ、こっちへおいで」

美佳を強く抱き締めると、かすかに濡れた首筋の後れ毛から石鹼のにおいがした。ああ、このにおいこそ自分が求めていたものだと高田は思う。涼子とのあの激しい愛憎の日々は美佳が原因だったが、美佳無しでは一日たりとも耐えられなかったと思う。この女こそ自分を地獄へ落とし入れ、また救い上げてくれた恩人なのだ。この女の無邪気さにこれからの自分を賭けようと思う。高田は美佳の手を握り、二人でベッドへ向かった。

「駄目でしょう、これからお散歩に行くんじゃなかったの」

こうした時、美佳はわざと舌ったらずな言い方になる。「でしゅ」と幼児のように口をすぼめることさえあった。

「散歩なんかこれから一生出来るさ。それよりも……」

「あら、こういうことも一生出来るんじゃありませんか」

「つべこべ言うな」

自分の口調にハッとする。こういう命令口調は涼子の時だけで美佳には決して使わなかったものだ。が、美佳は気づいた様子はない。くすぐったそうに身をよじり、くつくっと笑う。彼の乱暴さが気に入ったのだ。

ワンピースのファスナーは大層細く、それを下ろすのに苦労した。やや荒く脱がすと美佳は上半身に何もつけていない。どうやらすぐにこうなることを予想していたかのようであった。高田がよく知っている四つの乳房のうち二つがそこにはあった。今ここにあるものは白く丸い。そしてもう手に触れることの出来ない片方は浅黒くつつましやかであった。が、もうそんなことは考えてはいけないのだと、高田は首を横に振りながら顔を近づける。彼が選んだものは早くも固さを持ち始めていた。

何度も美佳と体を合わせていたが、このように明るいところで服を着たままは初めてだ。

「ああ、そんな」

美佳は激しくあえいだ。いつの間にか彼女が、自分の愛撫にきちんと反応する女になっていたことに、高田は二年という月日の長さを思った。ここぞと彼が力を入れると、そのとおりに彼女に絶頂がやってくる。

「――――」

その言葉の意味がしばらくわからなかった。

「許してあげる」

美佳は確かに叫んだのだ。

「許してあげる、本当だったら」

許してあげる。はからずも美佳が叫んだ言葉。彼女はすべてを知っていたのか。無垢な鈍感な女の振りはすべて芝居だったのか。

萎えるものと戦うために高田は顔を上げる。どこからか香りが伝わってくる。それは小半刻たったトロピカル・フルーツの香りではない。もっと強いせつないものが彼の鼻腔を襲い、まとわりついた。

別れてはみたけれど

正面から数えて二つ目の前歯に、緑色の食物がひっかかっている。コーヒーをすすりながら有里(ゆり)は、今日の夕食の献立を反芻(はんすう)した。何か緑色の物体を口にしただろうか。冷たいじゃがいものスープに、小さなTボーンステーキ、サラダは確かに緑の野菜ばかりであったが、倉吉(くらよし)の歯にひっかかっているそれはレタスやキュウリではない。四角く意地悪気に光っている。

思い出した、じゃがいものスープの中にポロねぎが散らばっていた。彼の歯についているのは色どりのために入れられたねぎだったのだ。

有里の視線に気づいて倉吉はにっこりと笑う。そうすると彼の不運さはますます目立った。いつもそうなのだ。倉吉はこの世のあらゆる小さな運の悪さを寄せ集めているようなところがある。自動販売機で地下鉄の切符を買おうとすると、倉吉が前に立ったとたんブザーがけたたましく鳴り「発売中止」の文字が浮かび上がる。喫茶店のウエイターは注文したものを忘れ、こちらが催促するまで気づかない。映画館へ行けば、立見の席しかないと言われ、ドライブの最中ににわか雨が降る。

そんな時倉吉は怒るわけでもなく、

「まあ、世の中いろんなことが起こりますからね」

と誰に言うでもなくつぶやくのである。この、世の中いろんなことが起こりますからねというのは彼の口癖らしく、電光ニュースで地震の文字が流れても同じことを言った。この時はさすがに有里が気色ばんでそういう言い方はないでしょうと咎めると、申しわけないと必死に謝ったものだ。

「本当にそうですね。不謹慎なことを言いました」

人のよい素直な男なのである。が、その人のよさがまるで埃を吸い上げるように、さまざまな小さなトラブルを集めるようだ。彼とつき合い始めてからというもの、有里は絶えず舌うちや不機嫌の連続だったような気がする。

半年前、クリスマス・イヴの夜に有里は倉吉と出会った。見合いというほどでもないが、三十三になった独身の彼女を見かねて友人夫婦が紹介してくれたのである。アメリカ生活が長かった友人の家は本格的なツリーが飾られ、きちんとテーブルセッティングされた四人分の席があった。

「この人ねえ、子どもに英語を教えてるうちに年とっちゃって、イヴだっていうのに一緒に過ごす男の人もいないのよ。だから今日はご招待したっていうわけ」

いつもなら全く気にならない彼女の偽悪的な言葉に一瞬顔がこわばったのは、有里がやはり倉吉を意識していたからだろう。倉吉は中堅の出版社で専門書をつくっている。もらった名刺には「編集長」とあったが、部下が二人だけのセクションだという。

「五千冊売れれば儲けもののような地味な本出してるのよ。もっとも私の翻訳した本も倉吉さんに出してもらっているんだけど」

友人のずけずけしたもの言いに倉吉は苦笑いした。その時彼の前歯にチキンの切れ端がついていたかどうか有里は憶えていない。

三十八歳で未婚、大学は早稲田の文学部で自分名義のマンションも持っている。

「あの年で残っているにしちゃまあまあじゃないの」

と友人は言った。確かにまあまあという表現がぴったりの男だ。中肉中背というには背がやや高く、やや肉づきがいい。頭は嫌な兆候がない替わりに、こめかみのあたりにかなり白いものが目立つ……。などと有里は男の品定めをいつしかしている自分に気づくのだった。若い頃一回ほど正式な見合いをしたことがあるが、どう考えても遊び半分で帰ってきてから母親とあれこれ言い合ったものだ。が、すっかり大人になった娘はひとりで男を見、ひとりで判断しなくてはいけないのだと考えたら、ひとりでくすりと笑いたくなった。それはまぎれもなく自嘲というものである。

人並みに恋もしたし、結婚の約束を交した男もいる。きっと妻と別れるからと誓った不倫の男もいた。けれどもそんなことは昔のことで、イヴの日に自分は男にあぶれた女ということになるらしい。そして友人のあてがってくれた男とこうして向かい合い、やわらかすぎるプディングを口にしているのだ。

「お疲れのようですね」

目の前の男は言った。

「いいえ、そんなことはありません。ちょっと酔っぱらったかもしれないけれど」

「倉吉さん、送ってあげてちょうだいよ」

友人が最後のとどめ、という感じで叫んだ。

「有里の家はね、ちょうどあなたの通り道なのよ」

桜新町の有里の家が、木場へ帰る倉吉の通り道であるはずもなかったのに、彼は快く送ってくれた。そしてどこか芝居めいたぎこちなさの中で二人の交際は始まったのだ。

そして明日から七月になるという今夜、有里は倉吉に別れを告げようとしている。メインディッシュの時にさりげなく切り出そうとしたのだが、Tボーンステーキは思いのほかおいしく、嫌なことはすべての料理をたいらげてからと有里は決心した。都会に住むハイミスと呼ばれる女がたいていそうであるように有里もうまいものに目がない。この点倉吉は実に重宝な男で、仕事柄気のきいた店をいくつも知っていた。四谷荒木町のとびきりうまい鮨屋、神楽坂にある地鶏を使った焼鳥屋、どこもそう高価なところではないが、常連だけを相手にする居心地のよいところだ。そうしていきつけの店にいる限りは、倉吉はたいしたミスを犯すわけでもない。煙草を吸わない歯は白いままだ。けれどもひとたび自分のエリアから出ると、例えば新しく出来たイタリアンレストランへ行こうなどとすると、たちまち悲惨なことが起こる。注文した肉料理は中が半焼けで倉吉がそのことを指摘すると、

「お客さま、ご存知ないかもしれませんが、その料理はですね……」

やんわりと皮肉を言われる始末だ。ああそうですかと倉吉はいったんひき退がるのだが、フォークに肉をつき刺し、くんくんとにおいを嗅ぐ。

「おかしいなあ、だってこの肉、ヘンなにおいがするよ。腐っているようなヘンな……」

隣りのテーブルの若い女がくすりと笑い、連れの男に何かささやいた。

もうあんな思いをすることはないのだ。幸い今日のディナーはそうたいした災いが起こらずに済んでいる。彼の前歯にねぎがついていた以外はだ。有里はナプキンで口元をぬぐう。大層肉汁ののったTボーンステーキを、おいしいおいしいと頰ばった同じ口から別れを告げるのは少々気がとがめるが、後で割勘にすればいいことだろう。

いや、倉吉にはさんざんご馳走になった。最後ぐらい自分が奢ってもいい。

「倉吉さん、私たちずうっとこのままつき合っているのもヘンな気がしない」

「そうかなあ」

倉吉はガラスを割ったのを誰かと問われ、とぼけている少年のような表情になった。狡猾というのでもない。こんな時男が本能的につくる声と顔である。

「僕は有里さんと一緒に、こうして食事をしたり映画を見るのがとても楽しいんですよ。これからも続けていきたいと思っているんですが……」

「だって私、年ですもの」

有里は相手の顔を見ないようにして肩をすくめた。

「こんな風にだらだら男の人とつき合っているうちに、私、ますますお婆さんになってしまう」

「そうかあ……」

倉吉もうつむいた。しんから困惑した声である。

「だったら」

やがて顔を上げた。

「だったら僕が有里さんにプロポーズすればいいんですね。だったらだらだらつき合うってことにもならないでしょう」

「ちょっと待ってよ」

驚きが極まると怒声のようになるということを有里は気づいた。いつもレストランでまわりの客の視線を集めることになるのは倉吉なのに、今夜は有里がちらちらと周りの男や女に見られることになった。全くこの男ときたら、どうしてとんでもないことを言い出すのだろうか。気配もなく男に突然言い寄られ嬉しい女などいやしない。だいたいその種類の気配は女が求めるものだ、女が求めてつくり出すものだ。この半年間、自分がそれを欲しいと思ったことは断じてなかった。

「私、急にそう言われても困るわ」

「そんなことはないでしょう。だって僕たちは結婚を前提につき合ったらどうかということで、水上さんご夫妻に紹介してもらったんじゃないかなあ」

水上というのは二人を初めて紹介してくれた翻訳家と大学講師の夫婦である。

「最初はそうだったかもしれないけれど、だんだんと普通の友だちになっていくことだってあるわ」

「そうかなあ、普通の友だちかなあ」

倉吉が再び困惑したように首をかしげたので、有里の苛立ちはさらに強くなる。この男はどうしていつも空に向かって疑問符を発するのだ。本当に自分が欲しかったら、どうして断定的なもの言いをしないのだろうか。

「とにかく私たちはこれ以上前に進みそうもないと思うの。倉吉さんだってお仕事忙しいでしょうし、こんな風なつき合いをしたって少しも得にもならないと思うわ」

「そうかなあ、得にもならないか」

その語尾が明瞭になったことで、有里は彼がかすかな憤りを持ったことを感じた。あたり前だろう。しかし今なら間に合うかもしれないと一瞬思った。倉吉ははっきりと結婚する意志を告げたのだ。結論はもう少し先に引き延ばしてゆっくりと考える、ということも考えられる。三十三歳ともなれば、結婚の可能性がある男がどれほど大切か身に沁みているではないか。こちらがどう思っているかは関係ない。ただそういう男が近くにいることが大切なのだ。

　けれども有里はすべてがめんどうくさくなってきた。今さら倉吉の機嫌をとり元に戻ろうという気力は全くといっていいほど失せている。最後に有里はこんな風に言ってみせた。

「ご免なさいね、私って本当に我儘で嫌な女でしょう」

「いや、そんなことはない。正直なだけですよ」

　倉吉は目をしばたかせた。もう終わりとその目が告げている。

「まあ、世の中、いろんなことがありますからね」

　ウエイターがコーヒーのおかわりはどうかと問うてきた。二人は同時にいらないと答え、ナプキンをテーブルの上に置いた。そしてそれですべておしまいになった。

　有里に以前と全く同じ生活が戻ってきた。週に四回、渋谷まで子どもに英語を教えに行く。本社からのマニュアルどおりのテキストやビデオを使うが、有里は自分でもさまざまな企画を立てるのが好きだ。生徒の誕生日パーティーには皆でドーナツで祝い、英語だけでお喋べりをするという催しをした。この様子をビデオに撮り、また子どもたちに見せるようにすると、次の会は張り切って我先にと話し始める。このパーティーは母親たちにも大好評で、有里は気をよくしたものだ。

六、七歳の子どもが対象だから、母親の年齢と有里の年齢はほぼ同じだ。この教室の授業料は高いために、アパレルや飲食店のオーナー、大企業に勤める父を持つ子どもたちがほとんどである。つきそってくる母親も海外駐在を一度は経験している者が多く、垢ぬけた服装をしている。そういう女たちは全く判で押したように、

「せっかく憶えた英語ですもの、子どもに忘れさせたくない」

と口にするのだ。中にはロンドンで七年間暮らしたという母親がいて、先生の発音がおかしいと難癖をつけたり、母親同士の軋轢もあったりするが、子どもたちは可愛かったし、仕事も面白い。このまま典型的な都会の独身女性のコースを辿ってもいいと思う時もあったが、それは長続きしない。ひとりで生きていってもいいと本気で思えるのは二十代の若い時と、四十代のあきらめた時だけだ。まだ本当に間に合うのならばと有里は考える。ひとりの男と結ばれ、ふたりぐらいの子どもを手に入れたい。一戸建ては無理だとしても、自分も働いていることだし、郊外のちょっとしたマンションにも住めるだろう。子どもには小綺麗な格好をさせ、英語やピアノを習わせたい。

つまり有里のめざしているものは、教え子の母親たちなのだ。この結論にゆきあたるたびに有里は大層不愉快になる。だったら自分はあの女たち、教室の後ろの椅子に腰かけ、さも満足そうにわが子が英語で喋べっているのを眺めている女たちに憧れたり、嫉妬しているということではないか。

憧れと嫉妬——。とんでもない。自分はあの人たちにそんなものは感じたことがないと有里は必死で否定するのであるが、めざすものと毎日見ているものは確かに一致するのだ。

けれどもあの人たちと自分たちとはいったいどう違うのだろうかと、有里は大声で問うてみたくなる。自らもエリート会社員の妻である誇りと責任を担い、常にきちんとしたスーツを着ている女。あるいは女優のように髪のウエイブを乱したことのない、アパレルメーカー二代目の妻。みな有里より少しばかり運がよかっただけではないか。

全くどうしてこんなことになったのだろうかと有里は時々口に出してしまうことさえある。これといった信条やひねくれた人生観を持っていたわけでもない。普通以上の家に生まれ、人並み以上の容姿と聡明さを持っているつもりだ。大学の英文科を卒業した後、医薬品メーカーの国際開発室というところに勤めた。ここでのアシスタント的な仕事に満足出来なくなり、アメリカのシカゴに留学したのは今から七年前のことだ。ＯＬ留学のハシリといってもいい頃である。

止めてくれた男もいた。学生時代からの恋人は、留学よりも自分と結婚してくれと強い口調で言ったではないか。けれども若い有里はこのうえなく傲慢であった。自分の可能性も、男の愛情も過信していた。

「今、アメリカへ行かなければ一生後悔するような気がするの。私、何か忘れ物をしたような気持ちのまま人生をおくりたくないの」

つい最近、トレンディドラマでこれと全く同じセリフを聞いた時、有里は驚きと羞恥のあまり悲鳴をあげたものだ。どうやら外国熱にうかされた生意気な女というのは、みんな同じことを言うものらしい。

が、誰でも口にするような陳腐なセリフを口にしたのが、どうやらケチのつき始めだったような気がする。シカゴの大学で当然学位をとるつもりだったのに、母親の子宮癌が見つかり途中で帰国していた。ラブレターを定期的に送り、万全の措置をとっていたつもりの男は他の女と結婚していた。

少しは泣いたかもしれないが、そう長くなかったような気がする。有里はまだまだ若かったから、悲しみよりも勝気さの方が勝った。

「あんな男、いつか見返してやる。今にきっともっといい男と結婚するんだからね」

女友だちとの電話で確か叫んだような気がするが、これももしかするとトレンディドラマの一場面と混乱しているのかもしれない。

そしてこの後、曇（くもり）状態の日々が続いた。手術は成功したものの、気力も体力もすっかり衰えた母親のために有里はひとり暮らしが出来なくなってしまった。母親の元気がなくなると、今までぽつりぽつりと舞い込み、けなすにしても笑いとばすにしても日々の暮らしに色どりを添えてくれた見合い写真も来なくなってしまう。

そんなことをしているうちに、有里は陰性の恋愛に陥ってしまった。つまり不倫というやつだ。アメリカから帰ってきた人たちばかりでつくっている勉強会に誘われ、そこで出会った男である。エリートの官僚やビジネスマンがたくさん来ているという触れ込みだったが、そうたいしたメンバーはいなかった。当時大層羽振りのよかった不動産屋の男が、空間プロデューサーという肩書きで仕切っている会だ。中にはきちんとした役人や銀行員もいたが、これといって近づきたい男もいない。この時有里はある真実を知った。エリートというのは二つしかない。ひとつは外見、性格がはなはだしく落ちる男、もうひとつは、外見、性格共平均以上であるが、妻がいる男である。我慢して前者と親しくなろうと思ったとたん、後者から熱心に口説かれた。大手の銀行に勤める四十男である。

男の女房から脅しの電話がかかったりして、ドラマティックな日々をおくったのはいいのだが、ここでまた有里はいくつかの真実を知る。僅かな例外を除いて、男は妻や子を捨てたりなどしない。そして娘の不倫というものは隠したつもりでも露見して親を不幸にする。これはこたえた。

気の弱くなっている母親はしくしくと泣き、

「これでもうまともな結婚は出来ないわね」

としつこく繰り返したものである。結局この男とも別れることになった有里は、非常に滅入った気分になってこれが二、三年後をひいた。そして気づいた時には、あっという間に三十を越し、あれよあれよという間に三十三歳になった。年よりもずっと若く見えると人からも言われ、自分でもそのつもりでいたが、ある日撮ったばかりの写真をアルバムに貼ろうとして大きなため息が出た。五年前の顔とあきらかに違っているのだ。目尻や生え際ばかり見て、何も変化は生じていないと安心していたのであるが、口の両脇を忘れていた。かすかなたるみは写真だとはっきりとわかる。

全く口惜しいほどありきたりのことが起こっているではないか。自分は他の女よりも利口で魅力的で、多少個性的な人生を歩むと信じていたあの頃。それなのに今はどうだ。じわじわと侵入し、そして感じることが出来るほどになった、老いという気体におびえ、そして明日はどうなるのだろうかと案じている女、それが自分だ。なんて平凡なつまらない悩みなのだろうか。いっそのこと、本当の変わり者になれたらどれほどいいだろうか。

シカゴの大学にいた。やはり日本から来ていた留学生なのだが、男もいらないし、結婚する気もないという。ただ好きなことをして自由に暮らしたいのだとたえず言っていた彼女は、おしゃれもしないし、友人たちとのつき合いも悪かった。いじけた変わった女だことと、有里も陰口をたたいたことがあるが、今ならはっきり言うことが出来る、欲しているものが他の人たちと違うということは、多くの呪縛(じゅばく)から逃れられるということではないか。

自分は男や結婚といった、他の人々も望むものも手に入れたいと思う。だからこのような焦りや悲しみも引き受けることになるのだとやっとわかった。とはいうものの、もう既に出来上がった性格を破壊することなど出来やしない。自分はこのままで生きるしかないのだとやっとわかった。

そうだ、自分は平凡な人間なのだ。これが三十三年間もかかってやっと辿りついた結論なのだが本当のことだから仕方ない。そして有里は倉吉のことを思い出すようになった。

出会いがそもそも悪かったのだ。まるで男をあてがってやるのだというような友人の口ぶり。

「残っている男にしちゃ、まあまあじゃないの」

あの言葉はまっすぐ自分にも向けられていた。

「残っている女にしちゃ、まあまあなのよ」

おそらく倉吉にも言ったに違いない。自分が他の人間、結婚している男女から同情されている、そしてその同情はほとんど侮蔑に等しいものだと知ったクリスマス・イヴの夜、そんな風にして出会った男をどうして愛することが出来るだろうか。そうだ、すべてあの友人夫婦がいけないのだと考えていくうち、倉吉の罪は次第に軽くなっていく。そうだ、彼はやさしい男だった。出張に出かけた時に土産を買ってきてくれたこともある。上海土産のそれは象牙を細工した小さなブローチだった。象牙は上等だったかもしれないが、いかにも中国らしい模様が刻まれていて、有里は家に帰ってからふんと鼻で笑った。

「こんな野暮ったいもの、私が喜ぶとでも思っているのかしら」

自分が以前の男からもらったプレゼントを見せたいと思った。長くつき合った男は、プチダイヤモンドのペンダントを誕生日にくれた。不倫の男のヨーロッパ土産は、エルメスのバッグであった。そういう栄光の過去を持つ自分に、こんなちんけな贈り物というのは全く笑ってしまう。

けれどもダイヤをくれた男も、エルメスをくれた男も、もう有里の前から去っていってしまったではないか。もう誰も居ないのだ。倉吉はいつも日曜日、自分のために費してくれた。それは映画や食事といった淡々としたものだったとしても、今、いったい誰が丸ごと日曜日を自分のためにくれるだろうか。不倫の男は、結局、日曜日を一緒に過ごしたいという願いをかなえてはくれなかった。

「だからって――」

有里は自分に反論する。

「確かにやさしくていい人だからって、自分のプライドを曲げてまでつき合ってもらうことはないじゃないの」

そうだ、プライドだ。有里は探しあてた言葉にうっとりとする。私は確かに若くない。口元だってたるみ始めている。だからって自分の理想や好みを落としてまで結婚することはないのよ。

倉吉の歯を思い出す。たえず食べ物がひっかかってしまう歯。おかしな食べ方をするわけでもなく歯並びも普通なのに、あの男はいつもちょっとみじめな姿になるのだ。あのみじめさを共有したくない。二人でいてみじめになるよりも、ひとりでりりしく、プライドを持って生きていった方がいい。

と有里は結論を下す。けれどもこの結論は長続きしないのだ。

「ねえ、ユリ先生っていくつなの」

生徒の一人が小首をかしげて尋ねる。真衣（まい）というこの女の子が有里は苦手であった。あと十年もむこうにいたら、おそらく手がつけられないほど生意気な帰国子女になっていただろうと思わせるような子だ。

「そうねえ、真衣ちゃんのママと同じぐらいかしら」

「ヘンなのオ」

くねくねと身を動かす。何か意地の悪いことを言おうとするこの子の癖である。

「真衣のママみたいに、どうしてケッコンしてないのオ。大人になってるのにヘン」

たかが子どもの冗談ではないかと思うものの、とっさに顔がこわばった。後ろにいる母親たちのしのび笑いを見たからである。

「あのね、真衣ちゃん」

身をかがめて肩を抱く。

「あのね、大人になったからってみながケッコンするとは限らないの。しない人もいるし、する人もいるわ。でもしないからって少しもヘンじゃないの」

そうだ、少しもヘンではない。もう自分の前からいなくなった男、それも自分が怒らせた男のことを懐かしく思うことは少しもヘンではない。倉吉の歯についたさまざまなものをはっきりと記憶しているのは、苛立ちのためだけではなかったのだ。

自分は今、後悔している。はっきりとわかる。それはプロポーズしてくれた男を断わった卑しさからではない。自分の見栄やプライドからいくつもの壁をつくり、相手を決して近寄らせなかった。そして壁の中からひとり決断をし別れを告げた。そのことを後悔しているのだ。

自分はいまとても淋しい。そうだ、本当に淋しいのだ。そして倉吉のぬくもりを懐かしがっている。肌が触れることのなかった男なのに、あの男は確かに暖かいものを残してくれた。どうしてあの時言わなかったのだろう。

「倉吉さん、前歯に何かついているわ」

そして二人で笑い合えばよかった。どうやら幸せのチャンスを有里は自分の手で捨ててしまったらしい。確かに芽ばえたものはあったではないか。それを必死で見るまいと思った。

「でもケッコンしない人はコイをすればいいのよ」

母親たちに聞かれないよう、真衣の耳元でささやいた。もしかしたら倉吉に電話をかけることは出来ないだろうか。そしてあの夜のことを謝る。そしてこう言ってみる。

「私、まだあなたとの結婚は考えられないわ。でも」

この〝でも〟を力強く発音しよう。

「でも倉吉さんと恋はしたいのよ」

恋という言葉はわかるらしく、目の前の少女はニヤッと照れくさそうに笑っている。その笑顔を見ているうち、きっと自分は倉吉に電話をするだろうという確信を持った。

本書は、一九九六年十二月に講談社文庫より刊行された『さくら、さくら　おとなが恋して』を改訂し文字を大きくしたものです。

|著者|林 真理子 1954年山梨県生まれ。日本大学芸術学部卒業。'82年エッセイ集『ルンルンを買っておうちに帰ろう』が大ベストセラーに。'86年『最終便に間に合えば/京都まで』で第94回直木賞を受賞。'95年『白蓮れんれん』で第8回柴田錬三郎賞、'98年『みんなの秘密』で第32回吉川英治文学賞、『アスクレピオスの愛人』で第20回島清恋愛文学賞を受賞。2018年、紫綬褒章を受章。'20年、第68回菊池寛賞を受賞。小説のみならず、週刊文春やan・anの長期連載エッセイでも変わらぬ人気を誇っている。

さくら、さくら おとなが恋して〈新装版〉

林 真理子

2021年4月15日第1刷発行
2023年5月16日第3刷発行

発行者——鈴木章一
発行所——株式会社 講談社
東京都文京区音羽2-12-21 〒112-8001
電話 出版 (03) 5395-3510
販売 (03) 5395-5817
業務 (03) 5395-3615

Printed in Japan

定価はカバーに
表示してあります

デザイン—菊地信義
本文データ制作—講談社デジタル製作
印刷———株式会社KPSプロダクツ
製本———株式会社KPSプロダクツ

ISBN978-4-06-521925-6

講談社文庫刊行の辞

二十一世紀の到来を目睫に望みながら、われわれはいま、人類史上かつて例を見ない巨大な転換期をむかえようとしている。

世界も、日本も、激動の予兆に対する期待とおののきを内に蔵して、未知の時代に歩み入ろうとしている。このときにあたり、創業の人野間清治の「ナショナル・エデュケイター」への志を現代に甦らせようと意図して、われわれはここに古今の文芸作品はいうまでもなく、ひろく人文・社会・自然の諸科学から東西の名著を網羅する、新しい綜合文庫の発刊を決意した。

激動の転換期はまた断絶の時代である。われわれは戦後二十五年間の出版文化のありかたへの深い反省をこめて、この断絶の時代にあえて人間的な持続を求めようとする。いたずらに浮薄な商業主義のあだ花を追い求めることなく、長期にわたって良書に生命をあたえようとつとめるところにしか、今後の出版文化の真の繁栄はあり得ないと信じるからである。

同時にわれわれはこの綜合文庫の刊行を通じて、人文・社会・自然の諸科学が、結局人間の学にほかならないことを立証しようと願っている。かつて知識とは、「汝自身を知る」ことにつきていた。現代社会の瑣末な情報の氾濫のなかから、力強い知識の源泉を掘り起し、技術文明のただなかに、生きた人間の姿を復活させること。それこそわれわれの切なる希求である。

われわれは権威に盲従せず、俗流に媚びることなく、渾然一体となって日本の「草の根」をかたちづくる若く新しい世代の人々に、心をこめてこの新しい綜合文庫をおくり届けたい。それは知識の泉であるとともに感受性のふるさとであり、もっとも有機的に組織され、社会に開かれた万人のための大学をめざしている。大方の支援と協力を衷心より切望してやまない。

一九七一年七月

野間省一

講談社文庫 目録

法月綸太郎　怪盗グリフィン、絶体絶命
法月綸太郎　怪盗グリフィン対ラトウィッジ機関
法月綸太郎　キングを探せ
法月綸太郎　名探偵傑作短篇集 法月綸太郎篇
法月綸太郎　新装版 頼子のために
法月綸太郎　誰彼〈新装版〉
法月綸太郎　法月綸太郎の消息
法月綸太郎　雪密室〈新装版〉
乃南アサ　不発弾
乃南アサ　地のはてから(上)(下)
乃南アサ　チーム・オベリベリ(上)(下)
野沢尚　破線のマリス
野沢尚　深紅
野村克也／宮本慎也　師弟
乗代雄介　十七八より
乗代雄介　本物の読書家
乗代雄介　最高の任務
橋本治　九十八歳になった私
原田泰治　わたしの信州
原田泰治／原田武雄　泰治が歩く〈原田泰治の物語〉
林真理子　みんなの秘密
林真理子　ミスキャスト
林真理子　ミルキー
林真理子　新装版 星に願いを
林真理子　野心と美貌〈中年心得帳〉
林真理子　正妻(上)(下)〈慶喜と美賀子〉
林真理子　大原御幸〈帯に生きた家族の物語〉
林真理子　さくら、さくら〈おとなが恋して〈新装版〉〉
林真理子／見城徹　過剰な二人
原田宗典　スメル男〈新装版〉
帚木蓬生　日御子(上)(下)
帚木蓬生　襲来(上)(下)
坂東眞砂子　欲情
畑村洋太郎　失敗学のすすめ
畑村洋太郎　失敗学実践講義〈文庫増補版〉
はやみねかおる　都会のトム&ソーヤ(1)
はやみねかおる　都会のトム&ソーヤ(2)〈乱！RUN！ラン！〉
はやみねかおる　都会のトム&ソーヤ(3)〈いつになったら作戦終了？〉
はやみねかおる　都会のトム&ソーヤ(4)〈四重奏〉
はやみねかおる　都会のトム&ソーヤ(5)〈IN塀戸〉(上)(下)
はやみねかおる　都会のトム&ソーヤ(6)〈ぼくの家へおいで〉
はやみねかおる　都会のトム&ソーヤ(7)〈怪人は夢に舞う〈理論編〉〉
はやみねかおる　都会のトム&ソーヤ(8)〈怪人は夢に舞う〈実践編〉〉
はやみねかおる　都会のトム&ソーヤ(9)〈前夜祭〈内人side〉〉
はやみねかおる　都会のトム&ソーヤ(10)〈前夜祭〈創也side〉〉
原武史　滝山コミューン一九七四
濱嘉之　警視庁情報官
濱嘉之　警視庁情報官〈シークレット・オフィサー〉
濱嘉之　警視庁情報官 ハニートラップ
濱嘉之　警視庁情報官 トリックスター
濱嘉之　警視庁情報官 ブラックドナー
濱嘉之　警視庁情報官 サイバージハード
濱嘉之　警視庁情報官 ゴーストマネー
濱嘉之　警視庁情報官 ノースブリザード
濱嘉之　ヒトイチ 警視庁人事一課監察係
濱嘉之　ヒトイチ 画像解析〈警視庁人事一課監察係〉
濱嘉之　ヒトイチ 内部告発〈警視庁人事一課監察係〉
濱嘉之　新装版 院内刑事

講談社文庫 目録

平岩弓枝 新装版はやぶさ新八御用帳(六)〈春月の雛〉
平岩弓枝 新装版はやぶさ新八御用帳(七)〈寒椿の寺〉
平岩弓枝 新装版はやぶさ新八御用帳(八)〈春怨 根津権現〉
平岩弓枝 新装版はやぶさ新八御用帳(九)〈王子稲荷の女〉
平岩弓枝 新装版はやぶさ新八御用帳(十)〈幽霊屋敷の女〉
東野圭吾 放課後
東野圭吾 卒業
東野圭吾 学生街の殺人
東野圭吾 魔球
東野圭吾 十字屋敷のピエロ
東野圭吾 眠りの森
東野圭吾 宿命
東野圭吾 変身
東野圭吾 仮面山荘殺人事件
東野圭吾 天使の耳
東野圭吾 ある閉ざされた雪の山荘で
東野圭吾 同級生
東野圭吾 名探偵の呪縛
東野圭吾 むかし僕が死んだ家

東野圭吾 虹を操る少年
東野圭吾 パラレルワールド・ラブストーリー
東野圭吾 天空の蜂
東野圭吾 どちらかが彼女を殺した
東野圭吾 名探偵の掟
東野圭吾 悪意
東野圭吾 私が彼を殺した
東野圭吾 嘘をもうひとつだけ
東野圭吾 赤い指
東野圭吾 流星の絆
東野圭吾 新装版 浪花少年探偵団
東野圭吾 新装版 しのぶセンセにサヨナラ
東野圭吾 新参者
東野圭吾 麒麟の翼
東野圭吾 パラドックス13
東野圭吾 祈りの幕が下りる時
東野圭吾 危険なビーナス
東野圭吾 時生(トキオ)〈新装版〉
東野圭吾 希望の糸

東野圭吾作家生活25周年祭り実行委員会 東野圭吾公式ガイド〈読者1万人が選んだ東野作品人気ランキング発表〉
東野圭吾作家生活35周年実行委員会 編 東野圭吾公式ガイド〈作家生活35周年ver.〉
平野啓一郎 高瀬川
平野啓一郎 ドーン
平野啓一郎 空白を満たしなさい(上)(下)
百田尚樹 永遠の0(ゼロ)
百田尚樹 輝く夜
百田尚樹 風の中のマリア
百田尚樹 影法師
百田尚樹 ボックス!(上)(下)
百田尚樹 海賊とよばれた男(上)(下)
平田オリザ 幕が上がる
東直子 さようなら窓
蛭田亜紗子 凛
樋口卓治 ボクの妻と結婚してください。
樋口卓治 続・ボクの妻と結婚してください。
樋口卓治 喋る男
平山夢明 魂(たま)豆(どう)腐(ふ)〈大江戸怪談どたんばたん(土壇場譚)〉
平山夢明 宇佐美まこと ほか 超怖い物件

東川篤哉 純喫茶「一服堂」の四季
東山彰良 流
東山彰良 女の子のことばかり考えていたら、1年が経っていた。
平田研也 小さな恋のうた
日野草 ウエディング・マン
平岡陽明 僕が死ぬまでにしたいこと
ビートたけし 浅草キッド
ひろさちや すらすら読める歎異抄
藤沢周平 新装版 春秋の檻〈獄医立花登手控え(一)〉
藤沢周平 新装版 風雪の檻〈獄医立花登手控え(二)〉
藤沢周平 新装版 愛憎の檻〈獄医立花登手控え(三)〉
藤沢周平 新装版 人間の檻〈獄医立花登手控え(四)〉
藤沢周平 新装版 闇の歯車
藤沢周平 新装版 市塵(上)(下)
藤沢周平 新装版 決闘の辻
藤沢周平 新装版 雪明かり
藤沢周平 義民が駆ける〈レジェンド歴史時代小説〉
藤沢周平 喜多川歌麿女絵草紙
藤沢周平 闇の梯子

藤沢周平 長門守の陰謀
古井由吉 この道
藤田宜永 樹下の想い
藤田宜永 女系の総督
藤田宜永 女系の教科書
藤田宜永 血の弔旗
藤田宜永 大雪物語
藤 水名子 紅嵐記(上)(中)(下)
藤原伊織 テロリストのパラソル
藤本ひとみ 新・三銃士 少年編・青年編〈ダルタニャンとミラディ〉
藤本ひとみ 皇妃エリザベート
藤本ひとみ 失楽園のイヴ
藤本ひとみ 密室を開ける手
福井晴敏 亡国のイージス(上)(下)
福井晴敏 終戦のローレライ I〜IV
藤原緋沙子 遠花火〈見届け人秋月伊織事件帖〉
藤原緋沙子 春疾風〈見届け人秋月伊織事件帖〉
藤原緋沙子 暖鳥〈見届け人秋月伊織事件帖〉
藤原緋沙子 霧の路〈見届け人秋月伊織事件帖〉

藤原緋沙子 鳴子守〈見届け人秋月伊織事件帖〉
藤原緋沙子 夏ほたる〈見届け人秋月伊織事件帖〉
藤原緋沙子 笛吹川〈見届け人秋月伊織事件帖〉
藤原緋沙子 青嵐〈見届け人秋月伊織事件帖〉
椹野道流 亡羊の嘆〈鬼籍通覧〉
椹野道流 新装版 暁天の星〈鬼籍通覧〉
椹野道流 新装版 無明の闇〈鬼籍通覧〉
椹野道流 新装版 壺中の天〈鬼籍通覧〉
椹野道流 新装版 隻手の声〈鬼籍通覧〉
椹野道流 新装版 禅定の弓〈鬼籍通覧〉
椹野道流 池魚の殃〈鬼籍通覧〉
椹野道流 南柯の夢〈鬼籍通覧〉
深水黎一郎 ミステリー・アリーナ
藤谷治 花や今宵の
古市憲寿 働き方は「自分」で決める
船瀬俊介 かんたん「1日1食」!!〈万病が治る! 20歳若返る!〉
藤野可織 ピエタとトランジ
古野まほろ 身元不明〈特殊殺人対策官 箱崎ひかり〉
古野まほろ 陰陽少女

講談社文庫 目録

本城雅人 去り際のアーチ〈もう一打席！〉
本城雅人 時代
本城雅人 オールドタイムズ
堀川惠子 裁かれた命〈死刑囚から届いた手紙〉
堀川惠子 死刑の基準〈「永山裁判」が遺したもの〉
堀川惠子 永山則夫〈封印された鑑定記録〉
堀川惠子 教誨師
堀川惠子 戦禍に生きた演劇人たち〈演出家・八田元夫と「桜隊」の悲劇〉
堀川惠子・小笠原信之 チンチン電車と女学生〈1945年8月6日・ヒロシマ〉
誉田哲也 Qros(キュロス)の女
松本清張 草の陰刻
松本清張 黄色い風土
松本清張 黒い樹海
松本清張 ガラスの城
松本清張 殺人行おくのほそ道(上)(下)
松本清張 邪馬台国 清張通史①
松本清張 空白の世紀 清張通史②
松本清張 カミと青銅の迷路 清張通史③
松本清張 天皇と豪族 清張通史④
松本清張 壬申の乱 清張通史⑤
松本清張 古代の終焉 清張通史⑥
松本清張 新装版 増上寺刃傷
松本清張他 日本史七つの謎
松谷みよ子 ちいさいモモちゃん
松谷みよ子 モモちゃんとアカネちゃん
松谷みよ子 アカネちゃんの涙の海
眉村卓 ねらわれた学園
眉村卓 なぞの転校生
麻耶雄嵩 翼ある闇〈メルカトル鮎最後の事件〉
麻耶雄嵩 痾
麻耶雄嵩 メルカトルかく語りき
麻耶雄嵩 夏と冬の奏鳴曲(ソナタ)〈新装改訂版〉
麻耶雄嵩 神様ゲーム
町田康 耳そぎ饅頭
町田康 権現の踊り子
町田康 浄土
町田康 猫にかまけて
町田康 猫のあしあと
町田康 猫とあほんだら
町田康 猫のよびごえ
町田康 真実真正日記
町田康 宿屋めぐり
町田康 人間小唄
町田康 スピンク日記
町田康 スピンク合財帖
町田康 スピンクの壺
町田康 スピンクの笑顔
町田康 ホサナ
町田康 猫のエルは
町田康 記憶の盆をどり
舞城王太郎 煙か土か食い物〈Smoke, Soil or Sacrifices〉
舞城王太郎 世界は密室でできている。〈THE WORLD IS MADE OUT OF CLOSED ROOMS〉
舞城王太郎 好き好き大好き超愛してる。
舞城王太郎 私はあなたの瞳の林檎
舞城王太郎 されど私の可愛い檸檬
真山仁 虚像の砦
真山仁 新装版 ハゲタカ(上)(下)

真山 仁 新装版 ハゲタカII(上)(下)
真山 仁 レッドゾーン(上)(下)
真山 仁 グリード〈ハゲタカIV〉(上)(下)
真山 仁 ハーディ〈ハゲタカ2・5〉(上)(下)
真山 仁 スパイラル〈ハゲタカ4・5〉
真山 仁 シンドローム〈ハゲタカ5〉(上)(下)
真山 仁 そして、星の輝く夜がくる
真梨幸子 孤虫症
真梨幸子 深く深く、砂に埋めて
真梨幸子 女ともだち
真梨幸子 えんじ色心中
真梨幸子 カンタベリー・テイルズ
真梨幸子 イヤミス短篇集
真梨幸子 人生相談。
真梨幸子 私が失敗した理由は
真梨幸子 三匹の子豚
松本裕士 兄弟〈追憶のhide〉
円居 挽 原作 福本伸行 カイジ ファイナルゲーム 小説版
松岡圭祐 探偵の探偵

松岡圭祐 探偵の探偵II
松岡圭祐 探偵の探偵III
松岡圭祐 探偵の探偵IV
松岡圭祐 水鏡推理
松岡圭祐 水鏡推理II〈インパクトファクター〉
松岡圭祐 水鏡推理III〈パレイドリア・フェイス〉
松岡圭祐 水鏡推理IV〈アノマリー〉
松岡圭祐 水鏡推理V〈ニュークリアフュージョン〉
松岡圭祐 水鏡推理VI〈クロノスタシス〉
松岡圭祐 探偵の鑑定I
松岡圭祐 探偵の鑑定II
松岡圭祐 万能鑑定士Qの最終巻〈ムンクの〈叫び〉〉
松岡圭祐 黄砂の籠城(上)(下)
松岡圭祐 シャーロック・ホームズ対伊藤博文
松岡圭祐 八月十五日に吹く風
松岡圭祐 生きている理由
松岡圭祐 黄砂の進撃
松岡圭祐 瑕疵借り
松原 始 カラスの教科書

益田ミリ 五年前の忘れ物
益田ミリ お茶の時間
マキタスポーツ 一億総ツッコミ時代〈決定版〉
丸山ゴンザレス ダークツーリスト〈世界の混沌を歩く〉
松田賢弥 したたか 総理大臣・菅義偉の野望と人生
真下みこと #柚莉愛とかくれんぼ
松野大介 インフォデミック〈コロナ情報氾濫〉
三島由紀夫 TBSヴィンテージクラシックス 編 告白 三島由紀夫未公開インタビュー
三浦綾子 ひつじが丘
三浦綾子 岩に立つ
三浦綾子 あのポプラの上が空〈新装版〉
三浦明博 滅びのモノクローム
三浦明博 五郎丸の生涯
宮尾登美子 新装版 天璋院篤姫(上)(下)
宮尾登美子 新装版 一絃の琴
宮尾登美子 東福門院和子の涙(上)(下)〈レジェンド歴史時代小説〉
皆川博子 クロコダイル路地
宮本 輝 骸骨ビルの庭(上)(下)
宮本 輝 新装版 二十歳の火影

講談社文庫　目録

宮本　輝　新装版 命の器
宮本　輝　新装版 避暑地の猫
宮本　輝　新装版 ここに地終わり 海始まる(上)(下)
宮本　輝　新装版 花の降る午後(上)(下)
宮本　輝　新装版 オレンジの壺(上)(下)
宮本　輝　にぎやかな天地(上)(下)
宮本　輝　新装版 朝の歓び(上)(下)
宮城谷昌光　夏姫春秋(上)(下)
宮城谷昌光　花の歳月
宮城谷昌光　重耳(全三冊)
宮城谷昌光　介子推
宮城谷昌光　孟嘗君　全五冊
宮城谷昌光　子産(上)(下)
宮城谷昌光　湖底の城〈呉越春秋〉一
宮城谷昌光　湖底の城〈呉越春秋〉二
宮城谷昌光　湖底の城〈呉越春秋〉三
宮城谷昌光　湖底の城〈呉越春秋〉四
宮城谷昌光　湖底の城〈呉越春秋〉五
宮城谷昌光　湖底の城〈呉越春秋〉六
宮城谷昌光　湖底の城〈呉越春秋〉七
宮城谷昌光　湖底の城〈呉越春秋〉八
宮城谷昌光　湖底の城　九
宮城谷昌光　俠骨記〈新装版〉
水木しげる　コミック昭和史1〈関東大震災～満州事変〉
水木しげる　コミック昭和史2〈満州事変～日中全面戦争〉
水木しげる　コミック昭和史3〈日中全面戦争～太平洋戦争開始〉
水木しげる　コミック昭和史4〈太平洋戦争前半〉
水木しげる　コミック昭和史5〈太平洋戦争後半〉
水木しげる　コミック昭和史6〈終戦から朝鮮戦争〉
水木しげる　コミック昭和史7〈講和から復興〉
水木しげる　コミック昭和史8〈高度成長以降〉
水木しげる　敗走記
水木しげる　白い旗
水木しげる　姑娘
水木しげる　決定版 日本妖怪大全〈妖怪・あの世・神様〉
水木しげる　ほんまにオレはアホやろか
水木しげる　総員玉砕せよ！〈新装完全版〉
宮部みゆき　新装版 震える岩〈霊験お初捕物控〉
宮部みゆき　新装版 天狗風〈霊験お初捕物控〉
宮部みゆき　ICO―霧の城―(上)(下)
宮部みゆき　ぼんくら(上)(下)
宮部みゆき　新装版 日暮らし(上)(下)
宮部みゆき　おまえさん(上)(下)
宮部みゆき　小暮写眞館(上)(下)
宮部みゆき　ステップファザー・ステップ〈新装版〉
宮子あずさ　看護婦が見つめた人間が死ぬということ
宮本昌孝　家康、死す(上)(下)
三津田信三　忌館〈ホラー作家の棲む家〉
三津田信三　作者不詳〈ミステリ作家の読む本〉(上)(下)
三津田信三　蛇棺葬
三津田信三　百蛇堂〈怪談作家の語る話〉
三津田信三　厭魅の如き憑くもの
三津田信三　凶鳥の如き忌むもの
三津田信三　首無の如き祟るもの
三津田信三　山魔の如き嗤うもの
三津田信三　水魑の如き沈むもの
三津田信三　密室の如き籠るもの